Le Livre de Poche Jeunesse

LE ROMAN DE RENART

ANNE-MARIE CADOT-COLIN

LE ROMAN DE RENART

PROLOGUE

Venez, approchez, vous qui avez envie d'écouter une belle histoire. Dieu sait que j'en connais beaucoup, et dans tous les genres, mais aujourd'hui je vous propose quelque chose qui vous fera rire. Je vois à vos mines réjouies que les leçons de morale et la vie des saints ne vous intéressent pas. Non, ce que vous préférez, c'est vous amuser avec le récit d'un bon tour !

Je vais vous raconter l'histoire du roi de la ruse : je veux parler du goupil nommé Renart[1]. Vous avez tous entendu parler de lui : Renart est plein de sagesse et d'habileté, Renart séduit par de belles paroles, Renart captive, Renart enjôle ses victimes. Personne, fût-il son ami, ne le quitte sans y laisser des plumes ! Renart n'est pas un modèle à suivre.

---

1. Au Moyen Âge, l'animal en question se nomme un *goupil*. *Renart* est le nom propre du héros : ce roman sera si célèbre qu'à partir de lui, on appellera tous les goupils des *renards*.

Première partie

PAR LES FERMES ET PAR LES BOIS

1

Renart et Chantecler

Il arriva un beau jour que Renart, qui était passé maître dans l'art de tromper, prit le chemin d'une ferme, située tout près d'un bois. Cette ferme abritait dans sa basse-cour quantité de poules et de coqs, de canes et de canards, ainsi que des jars et des oies. Son maître, Constant des Noues, un paysan très à l'aise, habitait non loin de la clôture. Ses granges étaient pleines de sacs de blé, et ses vergers produisaient des fruits à profusion, pommes sucrées et délicieuses cerises. Quant à sa maison, elle regorgeait de provisions délectables : salaisons, jambons et flèches de lard. Tout cela méritait bien une petite visite de Renart !

Le voici qui arrive en vue de la ferme. La basse-cour est soigneusement clôturée de solides pieux de chêne, renforcés par une haie d'aubépine. C'est dans cette véritable forteresse que messire Constant a placé ses poules.

Renart s'avance doucement vers la palissade, sans faire aucun bruit, l'échine baissée. C'est un habile chasseur, mais la robuste haie d'épines contrarie son entreprise. Se glisser en dessous ou sauter ? Les deux tactiques semblent impossibles. Pas question pour autant de renoncer aux poules !

Accroupi au milieu du chemin, il s'agite, tordant le cou en tous sens pour mieux évaluer la situation. Il calcule que, s'il bondit et retombe d'une certaine hauteur, les poules le verront et courront se tapir sous la haie. Il a toute chance d'être attrapé sans avoir fait le moindre butin. Mais ces poules qui vont et viennent, picorant juste sous son nez… quelle tentation ! Renart tremble de convoitise, tantôt se levant, tantôt s'aplatissant.

Et voici qu'à l'angle de la palissade, il repère soudain un pieu brisé. Aussitôt, il se glisse par la brèche. À l'endroit où la clôture avait été abîmée, le paysan avait planté des choux. Renart, d'un bond, plonge dans le carré de choux et s'y blottit soigneusement pour ne pas être aperçu. Mais les poules ne sont pas dupes : elles ont entendu sa chute et s'empressent de détaler.

Messire Chantecler le coq, juché sur son tas de fumier, assiste à cette débandade. Il s'avance fièrement vers les poules, la plume au pied, le cou dressé, et leur demande pourquoi elles s'enfuient vers la maison. C'est Pinte qui prend la parole, Pinte la plus sage, celle qui pond les plus gros œufs et qui perche à la droite du coq.

— Nous avons eu peur, dit-elle.

— Pourquoi ? Qu'avez-vous vu ?

— Je ne sais quelle bête féroce, qui pourrait causer bien du dégât parmi nous, si nous ne quittons pas l'enclos au plus vite.

— Ce n'est rien du tout, dit le coq, je vous le garantis. N'ayez pas peur, vous êtes ici en toute sécurité.

— Par ma foi, reprit Pinte, je vous le jure, je l'ai vu, de mes yeux vu !

— Et comment l'avez-vous vu ?

— Comment ? J'ai vu la clôture remuer et les feuilles des choux trembler. C'est là qu'il est tapi.

— Voilà qui suffit. Faites-moi confiance, et soyez en paix. Vous n'avez rien à craindre. Sur mon honneur, je ne connais personne, ni putois ni goupil, qui aurait l'audace de pénétrer dans ma basse-cour ! Tout cela n'est que plaisanterie. Retournez où vous étiez.

Et Chantecler repart vers son tas de fumier, plein d'assurance. Il ne redoute ni goupil ni chien. L'imbécile ! Il ne sait pas ce qui lui pend au nez. Un œil ouvert et l'autre clos, une patte repliée et l'autre bien droite, il s'est posté près d'un toit. Fatigué comme il est d'avoir chanté et veillé depuis le point du jour, la lassitude le prend et il sombre dans le sommeil.

Et comme il s'abandonne au plaisir de ce somme, voilà qu'il se met à rêver. Oui, il rêve ! Ne me prenez pas pour un menteur, car c'est la pure vérité, telle que je l'ai trouvée dans la chronique[1]. Le coq rêve donc que, dans la cour pourtant bien fermée, je ne sais quelle chose est là, et s'approche tout droit vers lui, à le toucher. Il en frissonne de frayeur. Cette chose porte une pelisse[2] rousse, dont l'encolure est bordée de petits os, et elle la lui fait endosser de force.

Chantecler s'agite dans son sommeil, il est épouvanté par ce songe. Comme c'est étrange : cette pelisse, il l'a mise à l'envers. Il est tellement à l'étroit dans l'encolure qu'il a l'impression d'étouffer. Pour un peu, il se réveillerait. Le plus étonnant, c'est que la pelisse a le ventre blanc, et qu'il l'a enfilée par

---

1. Les auteurs du Moyen Âge ont l'habitude, quand ils rapportent un fait incroyable, de s'abriter derrière l'autorité de leurs sources, bien souvent imaginaires.

2. Une *pelisse* est un manteau de fourrure dont le poil est tourné vers l'intérieur. Si elle est mise « à l'envers », le poil est donc à l'extérieur.

l'encolure, si bien que sa tête se trouve en bas, et que sa queue ressort par le col !

Sa frayeur est telle qu'il s'éveille, encore tremblant de sa vision.

— Saint-Esprit, s'écrie-t-il, protège-moi de ceux qui veulent me capturer, et garde-moi sain et sauf !

Et le coq, rien moins que rassuré, s'en va à toute allure rejoindre les poules, qui se sont réfugiées sous la haie d'épines. Il appelle Pinte, en qui il a toute confiance, et l'entraîne à l'écart.

— Pinte, inutile de le cacher : je suis désorienté, bouleversé. J'ai grand peur d'être victime d'un oiseau de proie ou d'une bête féroce, qui peut nous faire le plus grand mal.

— Holà, mon très cher époux, il ne faut pas parler ainsi ! Vous avez tort de nous effrayer. Ne sommes-nous pas en sécurité ? Je vais vous dire quelque chose : vous ressemblez au chien qui crie avant d'avoir été atteint par la pierre. Pourquoi tant de peur ? Dites-moi ce qui vous arrive.

— Vous ne le savez pas, mais je viens de faire un rêve étrange, là-bas, à côté de la grange. Quelle vision effroyable ! J'en suis encore tout pâle. Je vais vous raconter mon songe d'un bout à l'autre, sans rien vous cacher. Tandis que je dormais, il m'a semblé que je ne sais quelle bête s'approchait de moi. Elle portait une pelisse rousse parfaitement ajustée et elle me forçait à l'endosser. L'encolure était bordée d'os tout blancs, mais si dure et si étroite qu'elle me faisait souffrir le martyre. La pelisse avait le poil tourné à l'extérieur, et elle était coupée de telle façon que j'y entrais par l'encolure, mais je n'y suis pas resté très longtemps. À peine avais-je enfilé le vêtement que j'en sortis à reculons, stupéfait de voir que ma queue se trouvait en haut ! Je suis venu à vous tout désemparé, Pinte. Ne vous étonnez pas de me voir frémir et trembler. Donnez-moi votre avis. Ce songe qui me terrifie, avez-vous une idée de ce qu'il signifie ?

Pinte est pleine de sagesse.

— Vous m'avez raconté, dit-elle, votre songe. Prions le Ciel que ce ne soit qu'un mensonge ! Néanmoins, je vais vous l'expliquer, car je suis capable de répondre à vos questions.

« Cette chose que vous avez vue pendant votre sommeil, cette chose qui portait une pelisse rousse et qui vous effrayait tant, c'est le goupil, j'en suis certaine. Réfléchissez à cette pelisse rousse qu'il vous forçait à revêtir : la bordure de petits os, ce sont ses dents, dont il se servira pour vous engloutir ; l'encolure trop étroite qui vous faisait souffrir, c'est sa gueule qui vous broiera la tête ! Car c'est par là que vous entrerez pour revêtir la pelisse ! Quant au poil tourné à l'extérieur... le goupil ne le porte pas autrement, qu'il pleuve ou qu'il vente !

« Voilà la signification de votre songe. Voilà ce qui vous arrivera très bientôt, en vérité. Mais si vous vouliez me croire, vous retourneriez sur vos pas, car le goupil est caché près d'ici, dans ce carré de choux, prêt à vous prendre par surprise.

Chantecler a bien entendu l'explication que Pinte donne à son rêve. Il se dresse sur ses ergots :

— Vraiment, Pinte, tu es complètement folle ! Tu m'insultes quand tu t'imagines que je pourrais être pris par surprise ! Il y aurait dans cet enclos une bête en train de me guetter ? Maudit soit qui te croira ! Ce n'est pas un tel songe qui pourra me porter malheur, je refuse de le croire.

— Seigneur, que Dieu vous entende ! Mais cela m'étonnerait beaucoup si je m'étais trompée.

— Plus un mot là-dessus, Pinte.

Le songe n'est qu'une illusion, Chantecler en est persuadé. Il retourne prendre le soleil sur son tas de fumier, et s'endort. Renart est prudent, et extraordinairement rusé. Quand il voit que le coq, complètement rassuré, s'est replongé dans le sommeil, il commence à se glisser dans sa direction. Il progresse doucement, tendant l'échine, avançant une patte, puis l'autre. Si Chantecler reste assez longtemps tranquille, il va tâter de ses crocs. Le jeu risque de ne pas lui plaire !

Dès que Renart voit Chantecler à sa portée, il fait un bond pour le happer de ses dents. Mais il n'a pas été assez patient, et il manque son coup : le coq réveillé fait un saut de côté et se réfugie sur son fumier. Quelle malchance ! Renart est furieux. S'il ne mange pas Chantecler, il aura vraiment perdu sa journée ! Puis il réfléchit : n'y aurait-il pas moyen de tromper le coq ?

— Chantecler, dit Renart, ne te sauve pas, n'aie pas peur ! Je suis ravi de te voir en bonne santé, car tu es mon cousin germain.

Chantecler se sent tout ragaillardi. De joie, il pousse une petite chanson.

— Mon cher cousin, reprend Renart, te souviens-tu de Chanteclin, l'excellent père qui t'a engendré ? Jamais nul coq ne chanta comme lui : on pouvait l'entendre à une lieue[1] à la ronde. Et quel souffle ! Quelle puissance ! Il fermait les deux yeux, et sa voix pure s'élevait. Il chantait couplets et refrains sans ouvrir l'œil.

— Cousin Renart, est-ce que vous chercheriez à m'attraper par ruse ?

— Penses-tu, dit Renart, pas du tout ! Mais chante donc, en fermant les yeux ! Nous sommes d'une même chair et d'un même sang. J'aimerais mieux avoir perdu une patte que de te voir dans l'ennui, car tu es mon très proche parent.

— Je n'ai pas confiance en toi, rétorque Chantecler. Éloigne-toi un peu de moi, et je te chanterai

1. Mesure de distance, la *lieue* vaut environ 4 km.

une chanson telle que tout le voisinage entendra mon fausset[1].

Ces paroles font sourire notre Renardet.

— Allez, cousin ! Chante à pleine voix ! Je saurai bien alors si tu es le digne fils de Chanteclin mon oncle.

Chantecler commence alors avec éclat, puis jette un puissant cocorico, un œil fermé et l'autre ouvert cependant, car il a très peur de Renart, et préfère le surveiller.

— C'est tout ? s'exclame Renart. Cela ne vaut rien à côté de Chanteclin : il tenait longuement sa note, les yeux fermés. On l'entendait bien dans vingt fermes aux alentours.

Chantecler pense qu'il dit vrai. Il pousse sa mélodie à pleins poumons, les yeux fermés. Renart n'en peut plus d'attendre. Il bondit par-dessus un chou rouge, saisit le coq par le cou et s'enfuit, ravi d'avoir enfin attrapé sa proie.

Pinte voit Renart emporter Chantecler. Accablée de douleur, elle se lamente et se désespère :

— Ah, seigneur, je vous l'avais bien dit ! Ma prédiction se réalise. Vous vous moquiez de moi et me preniez pour une folle. Voilà où vous a mené votre grande sagesse ! Mais j'étais bien sotte de vous mettre en garde, car le fou ne craint rien tant qu'il n'est

1. Voix aiguë et perçante.

pas pris au piège. Renart vous tient et vous emporte. Hélas, pauvre malheureuse que je suis, me voilà morte ! Car si je perds mon seigneur et époux, j'ai perdu à jamais mon honneur.

La brave dame de la ferme a ouvert la porte de la basse-cour, car le soir tombe et elle veut mettre ses poules à l'abri. Elle appelle Pinte, Bise et Roussette : aucune d'elles ne rentre au logis. Que peuvent-elles bien faire ? Et son coq ? Elle s'époumone à l'appeler, quand soudain elle aperçoit Renart qui l'emporte. Elle se précipite à ses trousses, mais le goupil détale. Quand elle voit qu'elle ne pourra l'attraper, elle se met à crier à plein gosier :

— À l'aide ! À l'aide !

Les paysans, qui sont en train de jouer à la choule[1], entendent ses hurlements. Ils accourent et lui demandent ce qui se passe.

— Hélas ! gémit-elle, quel malheur !

— Comment ?

— J'ai perdu mon coq. Le goupil l'emporte.

— Maudite vieille ! dit Constant, vous n'auriez pas pu l'attraper ?

— Seigneur, vous avez tort de me parler ainsi. Par tous les saints du Ciel, je n'ai pas réussi à le prendre !

— Et pourquoi ?

---

1. Sorte de jeu de balle, qui peut se jouer à main nue, au pied ou avec un maillet.

— Il ne m'a pas attendue.

— Et vous ne pouviez pas lui taper dessus ?

— Et avec quoi ?

— Avec ce bâton, qui est là !

— Seigneur, je n'ai pas pu. Il trotte si vite que même deux chiens bretons ne le rattraperaient pas.

— Et par où est-il parti ?

— Par là, tout droit.

Les paysans courent tant qu'ils peuvent, hurlant :

— Par ici ! Par ici !

Renart, dans sa course, les a entendus. Il arrive à la brèche et fait un tel bond qu'il retombe le cul par terre. Les autres, à ce bruit, crient à tue-tête :

— Par ici ! Par là !

Constant les encourage :

— Vite ! En chasse !

Les paysans courent de toutes leurs forces. Constant siffle le meilleur de ses mâtins[1], nommé Malvoisin, qui arrive avec tous les autres chiens.

— Bardol, Travers, Humbaut, Rebours ! Attrapez-moi ce maudit rouquin de Renart !

À force de courir, les paysans ont aperçu Renart.

— Le voilà ! s'écrient-ils. Voilà le goupil !

Mais Chantecler est en mauvaise posture si, de son côté, il ne trouve pas une ruse pour se tirer d'affaire.

— Eh quoi, seigneur Renart, n'entendez-vous pas

1. Gros chien de garde ou de chasse.

les injures que vous lancent ces bouseux ? Constant vous talonne : vous devriez lui lancer un de vos quolibets, en passant la porte du village ! Quand il dira : « Renart l'emporte ! », répondez-lui : « Bien malgré vous ! » Rien ne pourrait le vexer davantage.

Aucun sage n'est à l'abri de commettre une folie. Renart, le roi des trompeurs, a été bien trompé cette fois. Il crie d'une voix forte :

— Bien malgré vous, j'emporte ce coq en guise de butin !

Aussitôt que Chantecler sent se desserrer les mâchoires, il bat des ailes et va se percher sur un pommier. Renart reste en bas, sur un tas de fumier, furieux et honteux d'avoir laissé échapper sa proie. Chantecler lui rit au nez :

— Eh bien, Renart, qu'en pensez-vous ? Qu'en est-il des affaires de ce monde ?

Le coquin frémit et tremble de rage. Il lui répond hargneusement :

— Maudite soit la bouche qui se mêle de jacasser quand elle devrait se taire !

— Moi aussi, je vais faire un vœu, réplique Chantecler. Qu'un ulcère[1] purulent ronge l'œil de celui qui sommeille au moment où il doit être vigilant ! Cousin Renart, personne ne peut vous faire confiance. La peste soit de votre cousinage ! J'ai failli le payer fort

1. Maladie, sorte de plaie qui détruit la peau ou un organe.

cher. Déguerpissez, méchant traître, car si vous vous attardez, vous y laisserez votre pelisse !

Renart n'est pas d'humeur à écouter ce bavardage. Sans ajouter le moindre mot, il prend le chemin du retour. Il court sans s'arrêter, la faim au ventre. Passant à travers les fourrés qui bordent un champ, il parvient à un sentier. Il ne cesse de remâcher sa mésaventure : quelle tristesse que ce coq, qui lui a échappé ! Il en aurait bien fait son festin.

2

Renart aime les oiseaux

Renart chemine dans la campagne. Voilà plus de trois jours qu'il n'a pas mangé, et la faim le tenaille. Dans le creux d'un vallon, il découvre un grand orme au tronc puissant, bien pourvu de feuillage. Il regarde en l'air et aperçoit un nid de milans[1]. À l'intérieur, quatre petits milans, gras et dodus.

« Par ma foi, se dit Renart, ces oiseaux tombent à pic ! Mais si les parents milans reviennent ? Bah ! je saurai bien me débrouiller, s'ils me cherchent noise. Allons, c'est le moment de se retrousser les manches ! »

---

1. Oiseau de proie d'assez grande taille.

Et Renart se met à escalader l'arbre du mieux qu'il peut. Parvenu en haut, il se précipite sur le nid comme un forcené, car il est affamé. Il ne fait qu'une bouchée des quatre oisillons. Il est maintenant repu, le ventre plein.

Mais voici qu'arrive le milan. Ses petits ne sont plus là ! Il voit Renart sur la fourche de l'arbre et fond sur lui, fou de colère. Le goupil est incapable de prendre la fuite, car il a la panse trop pleine. Le milan lui assène un tel coup qu'il le fait dégringoler au sol. Renart aurait pu en rester estropié, mais il se remet sur ses pattes et tente de fuir. C'est à ce moment-là que surgit la compagne du milan ; avec l'impétuosité d'un dragon, elle saisit Renart par sa pelisse et le jette à terre.

Les deux milans s'acharnent sur lui, dans un grand froissement d'ailes ils le malmènent et le traînent dans tous les sens. Comme des enragés, ils le frappent à grands coups de bec et ils lui plantent leurs serres dans la peau. Renart est d'abord incapable de se défendre, puis il s'élance de toute son énergie, dents en avant. Il a saisi un des milans par le milieu du corps, et il le serre si fort qu'il lui fait éclater le cœur en deux, puis il le met en pièces.

L'autre milan ne se laisse pas intimider pour autant. Il attaque Renart et le crible de coups de bec. Les choses se gâtent pour ce dernier, car l'oiseau, sans la moindre peur, l'assaille furieusement et lui fait tout le mal qu'il peut. En vérité, il est sur le point de lui crever les yeux, quand Renart fait un bond désespéré : il attrape le milan par le cou, où il plante toutes ses dents. En guerrier vaillant et résolu, il ne l'épargne pas, il lui arrache la vie du corps.

Mais à vrai dire, maintenant, il est épuisé : on pourrait lui donner cinq cent livres[1] qu'il serait incapable de faire un pas de plus. Il se couche sur place. Et voici qu'arrive un chevalier, accompagné d'un écuyer[2] et d'un serviteur. Comme ils passent au grand trot à la lisière du bois, ils aperçoivent Renart, couché à la renverse au milieu du chemin. On voit bien qu'il est blessé, car sa peau est toute tailladée, son visage est pâle et blême. Le chevalier le regarde et se tourne vers son écuyer :

— Par ma foi, n'est-ce pas un goupil qui est étendu ici ?

— Oui, seigneur, mais j'ai bien l'impression qu'il est mort.

— Ce sont sans doute ces milans qui l'ont tué. Et lui les a massacrés tous les deux.

— Seigneur, ce n'est pas une perte, car le goupil est vraiment un animal malfaisant. Mais sa peau pourrait m'être fort utile, et je voudrais bien l'avoir.

---

1. Monnaie d'une grande valeur.

2. Jeune noble qui fait son apprentissage de chevalier auprès d'un seigneur.

— Tu as raison, dit le chevalier. Fais-le donc porter à la maison. Sa peau m'a l'air belle, et c'est la bonne saison[1].

L'écuyer met pied à terre et saisit Renart par les deux pattes de derrière. Puis il tire son épée et lui en transperce les jarrets. Coupant ensuite une branche souple de chêne, il en fait une longue baguette qu'il glisse dans l'entaille. Il appelle le valet et lui tend le goupil ainsi embroché :

— Tiens ! Va porter cette bête à la maison, et ne t'arrête pas en chemin ! Sitôt arrivé, tu le dépouilleras de sa peau.

— Très volontiers.

Le valet jette le goupil sur son dos et fait demi-tour, laissant son seigneur avec l'écuyer dans le bois. Lançant son cheval au petit trot, il traverse la plaine et se dirige tout droit vers le manoir.

Voilà Renart dans le pétrin ! S'il n'imagine pas une ruse au plus vite, il n'échappera pas à la mort. Et quelle manière désagréable de le tenir : pendu par les pieds et la tête en bas ! Il regarde autour de lui et ne voit âme qui vive. Heureusement, car il mourrait d'humiliation d'être aperçu ainsi ! Mais il est urgent d'agir, s'il veut fausser compagnie à cette canaille de valet.

---

1. La fourrure des animaux est plus touffue à la fin de l'hiver, quand il a fait froid. C'est donc la bonne saison pour les tuer.

S'étant assuré d'un regard qu'il n'y a personne aux alentours, Renart plante résolument ses crocs dans les fesses du garçon. Celui-ci pousse des cris perçants, mais le goupil le tient vigoureusement agrippé, et serre les dents de toutes ses forces. Renart tire si fort qu'il le fait tomber à terre. Le valet se relève et veut le frapper, mais il ne trouve aucun autre bâton que celui qu'on lui avait passé dans les jarrets. Il le retire… et le goupil, sitôt délivré, détale sans demander son reste.

Le garçon voit s'enfuir Renart et reste là, la baguette à la main, dépité et honteux. Pleurant de rage il s'en retourne auprès de son seigneur, à qui il raconte sa mésaventure. Comment le goupil l'a attrapé par les fesses et comment, voulant le frapper, il a lui-même ôté le bâton qui retenait la bête.

— Et moi, conclut-il, je me suis retrouvé là, furieux, alors qu'il prenait la fuite à travers champs !

Le chevalier, à ce récit, éclate de rire en battant des mains :

— Par ma foi, je n'ai jamais entendu une aventure aussi drôle ! s'exclame-t-il.

Renart, quant à lui, continue sa course à travers les prés. Sa ruse lui a permis de sauver sa peau, mais il est très mal en point. Il ne cesse de gémir, car son cuir est tout tailladé du combat contre les milans, et sa plaie aux jarrets le fait beaucoup souffrir. Il ne peut courir aussi vite qu'il en a l'habitude. « Ah, se dit-il, si je pouvais trouver certaine herbe que je connais, ma plaie guérirait aussitôt ! » Et il invoque Dieu, le priant, par pitié, de lui faire découvrir cette herbe dont il a grand besoin.

Et voici que, franchissant le sentier qui borde la prairie, il aperçoit sur un talus l'herbe qu'il a demandée dans sa prière. Aussitôt, il l'arrache de sa patte et l'avale sans la moindre préparation. Nul besoin de la hacher ni de la broyer, comme le font les apothicaires[1], il l'a avalée d'un coup ! Avec ce qui reste, il s'emploie à frotter toutes ses plaies : instantanément, la peau se cicatrise. Le goupil est à présent guéri et en parfaite santé. Il tend les mains vers le ciel pour remercier Dieu.

Renart se sent fort et léger, la joie lui donne des ailes. D'un bond souple, il franchit le fossé et reprend aussitôt sa course, tout guilleret. Voici qu'il arrive dans une plaine, juste au pied d'une montagne. Là, de l'autre côté d'une rivière qui serpente, se dresse un chêne. L'endroit semble délicieux, et peu fréquenté. Le goupil a tôt fait de passer l'eau, et après quelques cabrioles autour de l'arbre, il se vautre dans l'herbe fraîche et s'étire longuement. Quelle excellente auberge ! Il n'en changerait pour rien au monde… à condition d'avoir quelque chose à se

1. Les *apothicaires* sont les pharmaciens de l'époque.

mettre sous la dent ! Pour le repos, en tout cas, c'est un séjour idéal.

Et voici que Renart aperçoit une mésange, sur la branche du chêne creux où elle avait caché ses œufs. Il la salue très aimablement :

— Ma commère[1], soyez la bienvenue ! Descendez de votre arbre, et embrassons-nous !

— Taisez-vous, Renart. Vous pourriez être mon compère, si vous n'étiez pas un tel brigand. Mais vous avez dupé tant d'oiseaux et tant de biches qu'on ne peut vous faire confiance. Qui croyez-vous tromper encore ? On sait bien que vous avez le diable au corps.

— Dame, aussi vrai que votre fils est mon filleul depuis son baptême, je n'ai jamais rien fait qui puisse vous déplaire. Et savez-vous pourquoi ? Je me dois de vous le dire : messire Noble le lion, notre roi, a proclamé la paix dans tout son royaume. Dieu fasse qu'elle dure longtemps ! Il a fait jurer à tous ses vassaux qu'ils respecteraient cette trêve. Le petit peuple en est très content, car les querelles et les guerres meurtrières vont s'apaiser : c'est la paix désormais pour toutes les bêtes, petites et grandes.

Mais la mésange se méfie :

— Renart, vous êtes en train de me raconter des

---

1. *Compère* et *commère* : parrain et marraine d'un enfant, qui est leur *filleul*.

histoires. Allez chercher quelqu'un d'autre, car il n'est pas question que je vous donne ce baiser.

Renart se rend compte que sa commère refuse de le croire. Il insiste :

— Dame, écoutez-moi ! Je vois bien que vous avez peur. Eh bien, s'il en est ainsi, je vous embrasserai les yeux fermés.

— Par ma foi, j'y consens. Fermez donc les yeux !

Le goupil a fermé les yeux et la mésange a saisi une grosse touffe de mousse et de feuilles. Elle ne va pas l'embrasser, mais elle lui en frotte le museau. Renart pense l'attraper, mais sa mâchoire ne se referme que sur une feuille, qui reste accrochée à sa moustache.

— Ah, Renart ! s'écrie la mésange, voilà bien la paix qu'on peut attendre de vous ! Si je ne m'étais pas reculée, la trêve aurait été rompue, ma foi ! Votre seigneur n'a pas conclu une paix bien solide.

Renart préfère en rire.

— Mais non, voyons, c'était une plaisanterie. J'ai voulu vous faire peur. Bon, recommençons ! Je vais refermer les yeux.

— Alors, restez tranquille, cette fois !

Le roi des tricheurs a fermé les yeux. La mésange s'approche tout près de sa gueule, elle la frôle, mais se garde bien d'y entrer. Renart croit bien pouvoir la happer. Nouvel échec !

— Enfin, Renart, qu'est-ce que cela veut dire ?

Que l'enfer me brûle si je vous fais à nouveau confiance !

— Vous êtes vraiment trop froussarde ! Vous pensez bien que je ne veux pas vous tendre un piège ! Je voulais seulement vous mettre à l'épreuve. Allons, revenez une autre fois ! Ma chère commère, au nom de Dieu et au nom de mon filleul qui gazouille sur ce tilleul, faisons la paix !

Mais la mésange fait la sourde oreille : elle n'est ni folle ni stupide. Renart a beau plaider sa cause, elle va se percher sur la branche du chêne.

C'est alors qu'arrivent des chasseurs, avec des valets de chiens et des sonneurs de trompe. Renart, un instant surpris, se prépare à fuir : il redresse sa queue pour mieux courir. Les valets poussent de grands cris, et sonnent trompes et cors à pleine bouche.

Renart se méfie d'eux au plus haut point ; il va prendre la poudre d'escampette. La mésange se moque de lui :

— Enfin, Renart, où fuyez-vous ? Et cette paix ? Voilà un accord bien vite rompu !

Renart n'est jamais à court de mensonges. En s'éloignant, il lui jette :

— Dame, la trêve a bien été jurée, et solennellement ! Mais tout le monde n'est pas au courant. Ce sont de tout jeunes chiens qui arrivent ici ; leurs pères et leurs grands-pères respectent déjà la paix, mais eux n'ont pas encore prêté serment, ils étaient trop jeunes !

— Vraiment ? Vous croyez qu'ils oseraient enfreindre la trêve ? Non, certainement pas. Revenez donc ici, et embrassez-moi !

— Je n'ai pas le temps maintenant. Nous verrons une autre fois.

Renart préfère s'enfuir par un chemin détourné. Mais voici que survient un frère convers[1] tenant en laisse deux molosses. Le chasseur qui est à la poursuite de Renart crie de loin au frère :

— Lâche les chiens, lâche-les ! Le goupil va passer un sale quart d'heure !

Renart soupire. Quelle malchance ! Il sait bien que, si on l'attrape, on ne manquera pas de l'écorcher à la pointe du couteau. Vite, il lui faut trouver une ruse, sinon, il y laissera son paletot. Le voici face au moine qui arrive avec ses chiens.

— Ah, canaille, lui crie le frère, te voilà pris !

— Seigneur, fait Renart, ne m'injuriez pas ainsi, pour l'amour de Dieu ! Un saint homme comme vous doit s'interdire de causer du tort à son prochain. Si vous m'obligiez à m'arrêter ici, en mettant vos chiens en travers de ma route, ce serait grand dommage pour moi, et le péché en retomberait sur

1. Moine d'un rang inférieur, dans un couvent. Les *convers* sont chargés des tâches matérielles.

vous. Une course a été organisée entre cette bande de chiens et moi, et l'enjeu du pari est considérable.

Le moine ne met pas ses paroles en doute : il lui cède le passage, en le recommandant à Dieu et à saint Julien, puis il s'en va avec ses chiens.

Renart, sans perdre un instant, s'engouffre dans le sentier qui mène au fond du vallon, puis traverse une grande plaine. Les cris des chasseurs et les aboiements des limiers lui font presser l'allure. Il franchit une route, puis un large fossé et pénètre dans un petit bois. Là, les chiens ont perdu sa trace ; lassés, ils abandonnent la poursuite. Renart est maintenant en lieu sûr. Il est fourbu et de méchante humeur. Quelle malchance a été la sienne ! Un peu de repos lui ferait du bien : il se couche sous un arbre.

Mais de son côté, maître Tiécelin, le corbeau, ne songe guère à se reposer. Il n'a rien mangé de la journée, et la faim le pousse à sortir du bois. Fendant les airs, il se dirige tout droit vers une ferme, impatient de passer à l'attaque. Et là, vision merveilleuse, des centaines de fromages en train de sécher au soleil ! La vieille femme chargée de les surveiller vient juste de rentrer dans la maison. C'est le moment d'en profiter ! Tiécelin fonce et s'empare d'un fromage, qu'il emporte dans ses serres. La vieille, alertée par le bruit, se précipite dans la cour où elle aperçoit le corbeau. Elle lui jette des cailloux et même de grosses pierres en criant :

— Espèce de voyou ! Veux-tu bien lâcher ce fromage ?

Tiécelin voit qu'elle est folle de rage.

— La vieille, si on te le demande, tu diras que c'est Tiécelin qui l'a pris. À tort ou à droit, ce fromage est pour moi. Je n'ai pas eu beaucoup de mal à le prendre : mauvaise garde fait le bonheur du loup ! Surveille les autres un peu mieux, car celui-ci, tu ne le reverras plus. Il m'a l'air tendre, crémeux, savoureux… il valait bien de prendre quelques risques. Quel régal pour moi : je vais m'en blanchir les moustaches ! Si j'arrive à le transporter jusqu'à mon nid, je le mangerai à loisir, cuit à l'eau ou bien rôti. Maintenant, tu peux rentrer chez toi, je m'en vais. Merci encore pour le cadeau !

Il s'envole à tire-d'aile vers son hêtre, sous lequel se trouve justement messire Renart. Un véritable rendez-vous ! Renart au pied de l'arbre, et l'autre perché. Mais la vraie différence, c'est que l'un s'empiffre pendant que l'autre bâille de faim.

Le fromage est onctueux à point, et Tiécelin l'entame à coups de bec. Il en a mangé – n'en déplaise à la vieille qui l'a injurié – le plus tendre et le plus crémeux. Et comme il le déchiquette avec ardeur, il en fait tomber par mégarde un petit bout devant Renart. Celui-ci lève la tête et découvre

Tiécelin : mais oui, c'est son vieux compère, perché sur la branche avec un bon fromage entre les pattes ! Il l'interpelle amicalement :

— Par tous les saints du ciel, que vois-je là ? Est-ce bien vous, seigneur compère ? Bénie soit l'âme de votre père, messire Rohart, qui savait si bien chanter ! C'était le meilleur chanteur de France, je l'ai souvent entendu proclamer. Et vous-même, dans votre enfance, je vous ai entendu vous exercer. Maîtrisez-vous maintenant l'art vocal ? Chantez-moi donc une ritournelle !

Tiécelin prête l'oreille à ces flatteries. Il ouvre le bec et lance son croassement.

— Bravo ! s'écrie Renart. Vous avez fait de grands progrès. Mais avec un effort vous pourriez atteindre l'octave supérieure.

L'autre, qui se pique d'être un grand musicien, recommence à croasser.

— Mon Dieu, s'exclame Renart, comme votre voix a gagné en pureté, en limpidité ! Renoncez à manger des noix, et vous serez le meilleur chanteur du monde ! Chantez donc une troisième fois !

Tiécelin redouble d'efforts. Et comme il s'époumone, sans y prendre garde, sa patte droite se desserre légèrement. Le fromage tombe à terre, juste aux pieds de Renart. Mais le brigand, dévoré pourtant par la gourmandise, se défend bien d'en toucher une seule miette. En effet, si c'est possible, il compte bien manger Tiécelin par-dessus le marché.

Le voilà avec le fromage sous le nez. Il se lève tant bien que mal, en faisant mine de boiter.

— Hélas, mon Dieu, combien d'épreuves devrai-je subir en cette vie ? Sainte Vierge, que faire ? Ce fromage est tellement puant qu'il causera ma mort. Il est bien connu, en effet, que le fromage est très mauvais pour les blessures. Vous voyez dans quel état est ma patte : la Faculté[1] m'interdit de toucher à un fromage, et encore moins d'en manger. Ah, Tiécelin, je vous en supplie, descendez ! Délivrez-moi de ce péril ! En vérité, je ne ferais pas appel à vos services si je ne m'étais pas cassé la patte, l'autre jour, dans un piège. Je n'ai pu éviter cet accident, et maintenant, je dois prendre du repos, mettre des emplâtres et des onguents[2] jusqu'à ce que la fracture se ressoude.

Ses larmes et ses prières apitoient Tiécelin. Il descend de son arbre. Manœuvre stupide ! Si Renart peut l'attraper de ses crocs, il sera trop tard pour les regrets. Tiécelin pourtant hésite, il n'ose approcher. Le goupil, le voyant plein d'appréhension, s'emploie à le rassurer :

---

1. La *Faculté* est ici l'ensemble des médecins.

2. Les *emplâtres* sont des pansements. Un *onguent* est une crème grasse employée pour soigner les blessures.

— Par Dieu, approchez donc ! Qu'avez-vous à craindre d'un pauvre blessé ?

L'imbécile, trop confiant, fait un pas. Il ne voit même pas Renart bondir, tant il est rapide. Mais le goupil l'a raté : entre ses dents, il ne lui reste pour tout butin que quatre plumes.

Tiécelin s'envole vers le hêtre. Il aurait pu payer cher son dévouement. Quelle ingratitude ! Plein de colère, il gronde :

— J'ai bien failli y passer aujourd'hui ! Cette crapule de rouquin m'a bien estropié : il m'a arraché quatre grandes plumes à l'aile droite et à la queue. Le fourbe, le traître, qu'il aille rôtir en enfer !

Avisant Renart en bas de l'arbre :

— Vous pouvez le garder, ce fromage ! C'est tout ce que vous aurez aujourd'hui. Quel imbécile j'ai été, de croire à votre histoire de patte cassée !

Renart le laisse maugréer sans répondre un mot. Il se console de sa déception en mangeant le fromage jusqu'à la dernière miette. Cela fait bien longtemps qu'il n'en a pas dégusté un d'une telle qualité. Quel dommage qu'il n'y en ait pas davantage ! Son repas terminé, il reprend la route.

3

Tibert le chat

Renart, toujours en quête de nourriture, s'est approché d'un village. Et voilà qu'il découvre, au détour d'une rue, messire Tibert le chat. À sa vue, le goupil frémit de gourmandise de la tête aux pieds. Il le dévore des yeux. Le chat est en train de s'amuser tout seul à jouer avec sa queue. Il tourne en rond mais, au beau milieu d'une gambade, il s'aperçoit que Renart l'observe. Il l'a reconnu à son poil roux et le salue d'un air affable :

— Seigneur, soyez le bienvenu !

Renart, de son côté, ne se sent pas d'humeur aimable. Il se souvient qu'un jour récent Tibert l'a poussé dans un piège : il n'a pu échapper aux paysans que d'extrême justesse. Il souhaite une chose seulement : faire payer au chat sa traîtrise. Mais la situation n'est pas en sa faveur. N'ayant pas mangé de la journée, il est affaibli par le jeûne, alors que Tibert est frais et dispos : longues moustaches, petites dents pointues et de bonnes griffes prêtes à égratigner. Si Renart essaie de le terrasser, l'autre ne se laissera pas faire. Il renonce donc à engager le combat et lui répond avec la plus franche cordialité :

— Tibert ! Quel bon vent vous amène ?

Tibert tente de se sauver.

— Allons, Tibert, n'ayez pas peur ! Pourquoi prendre la fuite ? Arrêtez-vous et causons !

Tibert se retourne et s'arrête. La tête tournée vers Renart, il se met à aiguiser ses griffes. Si le goupil veut porter la patte sur lui, il trouvera à qui parler. Mais Renart, dont le ventre est tiraillé par la faim, ne songe pas à livrer bataille. Il a autre chose en tête, et s'applique à rassurer Tibert :

— Tibert, ne trouvez-vous pas que le monde est plein de méchantes gens ? Plus aucune aide à espérer d'autrui : chacun cherche à tromper son prochain. Trouver un ami sincère, loyal, est devenu impossible. Et pourtant, c'est un fait prouvé : celui qui trompe autrui finit toujours par recevoir son salaire. Si je le dis, c'est pour mon compère Ysengrin, qui a tenté de me trahir il n'y a pas longtemps. Mais tel est pris qui croyait prendre… Tout cela m'a convaincu que la traîtrise ne réussit à personne. Les traîtres connaissent une triste fin, méprisés de tous. N'êtes-vous pas d'accord ?

Tibert préfère se taire. Renart reprend :

— D'un autre côté, j'ai pu constater récemment que celui qui est en mauvaise posture ne peut compter sur personne. Vous n'avez pas hésité à me planter là l'autre jour, quand vous m'avez vu à deux doigts de la mort ! Mais non, je suis injuste, vous avez eu beaucoup de peine pour moi, j'en suis sûr. Honni soit qui mal y pense ! Dites-moi franchement, cependant : vous avez éprouvé un grand chagrin, n'est-ce pas, à la vue de mes souffrances, quand j'étais tombé dans le piège, que les mâtins me harcelaient et que le paysan brandissait sa hache pour me tuer ? Il a raté son coup, heureusement, et j'ai pu sauver ma peau.

— J'en suis ravi, observe Tibert.

— Je n'en doute pas, réplique Renart. Mais que s'est-il vraiment passé ce jour-là, seigneur Tibert ? En fait, vous avez fait exprès de me pousser dans le piège. Bon, je passe l'éponge : vous n'êtes coupable d'aucun crime. Je parle sans arrière-pensée, et nous ne reviendrons plus là-dessus.

Tibert s'excuse mollement, car il n'a pas la conscience tranquille. Les voici tous deux réconciliés, ils se promettent fidèle amitié. Leur alliance est confirmée par un serment solennel, mais elle sera de courte durée. Renart ne songe qu'à manœuvrer le chat : il le trahira sans vergogne. Quant à Tibert, il n'est pas assez fou pour avoir confiance : s'il en a l'occasion, il n'hésitera pas à lui faire un coup tordu.

Tous deux s'en vont par un sentier, l'estomac tenaillé par la faim. Mais, ô merveille, voici qu'ils ont trouvé, dans un champ labouré, au bord du chemin, une magnifique andouille. Renart s'en saisit le premier. Tibert s'écrie :

— Par Dieu, Renart, mon cher compagnon, j'ai droit à ma part !

— Allons, qui parle de vous en priver ? Je suis votre allié : n'avez-vous pas reçu ma parole ?

Tibert n'a pas grande confiance dans la parole de messire Renart.

— Compagnon, dit-il, mangeons-la donc !

— Ah non ! Pas question ! Si nous nous arrêtions ici, nous ne serions pas en paix pour la savourer. Il nous faut l'emporter plus loin.

— D'accord, dit Tibert, voyant qu'il n'y a rien d'autre à faire.

Renart est maître de l'andouille : il la saisit entre ses dents par le milieu, si bien qu'elle pend des deux côtés.

Quand Tibert le voit emporter l'andouille, il est au désespoir. S'approchant un peu, il lui dit :

— Quel spectacle navrant ! Comment osez-vous porter ainsi cette andouille ? Ne voyez-vous pas comme elle se salit ? Vous la traînez dans la poussière et vous la couvrez de bave ! Cela me soulève le cœur. Je vous certifie une chose : si vous continuez à la traiter de cette façon, je vous abandonnerai ma part. Moi, je m'y prendrais tout autrement.

— Et comment feriez-vous ?

— Passez-la-moi, vous allez voir. D'ailleurs, il est bien juste que je vous soulage de ce fardeau, puisque c'est vous qui la portez depuis le début.

Renart n'y voit aucun inconvénient. Il pense en effet que si l'autre est encombré, il lui sera plus facile de le maîtriser, en cas de bagarre. Il lui confie donc l'andouille.

Tibert exulte de joie. Il prend délicatement l'andouille dans sa gueule par une extrémité, puis, d'un geste adroit et élégant, il la balance sur son dos. Se tournant vers Renart :

— Compagnon, c'est ainsi que vous procéderez quand vous reprendrez l'andouille. Regardez : elle ne touche pas terre, et je ne la souille pas de ma bouche. Je ne la porte pas comme un cochon, moi, car elle mérite quelques bonnes manières. Nous irons ainsi jusqu'à cette hauteur où je vois une croix dressée. C'est là que nous la mangerons, il est inutile d'aller plus loin. Là-haut, nous n'aurons rien à craindre, car de tous côtés nous pourrons voir venir le danger.

Renart ne se soucie guère de tout ce discours, mais voilà que Tibert prend les devants à toute allure, et court d'une traite jusqu'à la croix. Le goupil comprend la ruse et se met à crier, furieux :

— Compagnon, attendez-moi donc !

— N'ayez pas peur, mon cher Renart ! Tout va bien, mais pressez un peu l'allure !

Tibert, qui n'est pas un apprenti dans l'art de grimper et redescendre, s'agrippe à la croix de toutes ses griffes. Il y monte en un éclair et se perche sur l'un des bras. Renart voit bien que l'autre s'est joué de lui. Tout chagriné et déconfit, il s'écrie :

— Enfin, Tibert, qu'est-ce que cela veut dire ?

— Tout va bien ! Montez donc, nous allons manger cette andouille.

— Monter ? Et comment ? J'aurais bien du mal. Mais vous, Tibert, descendez ! Ou bien faites un beau geste : jetez-moi ma part, et vous serez quitte.

— Mais que dites-vous là, Renart ? La jeter ? Il faut que vous soyez ivre ! Je ne le ferai pas pour cent livres. Vous devriez pourtant savoir le respect qu'on doit à cette andouille : c'est une chose sainte, qui ne peut être mangée que sur une croix ou dans une église. Elle mérite la plus grande vénération.

— Cher seigneur Tibert, ne vous inquiétez pas pour cela. Mais considérez plutôt qu'il y a trop peu de place en haut : nous ne pouvons y tenir à deux. C'est le moment de montrer votre générosité : jetez-moi ma part en bas ! Tibert, mon ami, vous m'avez juré de vous conduire en loyal compagnon. Quand deux compagnons font route ensemble et qu'ils tombent sur une aubaine, ils doivent la partager, il me semble. Si vous ne voulez être parjure à votre serment d'amitié, vous partagerez cette andouille. Lancez-la à terre, je prendrai le péché sur moi !

— Jamais, pour rien au monde ! Ami Renart, je suis stupéfait de vos paroles. Vous êtes pire qu'un hérétique[1] : vous me demandez de jeter une chose que l'on doit honorer en tous lieux. Par ma foi, je ne serai jamais assez ivre pour vous la lancer à terre : ce serait un sacrilège[2]. Il est une chose sacrée dans la religion : elle se nomme Andouille, vous le savez bien. Allons, je vais vous dire ce que nous ferons : pour cette fois, il va falloir vous résigner, mais la prochaine andouille que nous rencontrerons sera à vous sans partage. Je n'en recevrai pas une miette.

— Tibert, Tibert, je finirai bien par te prendre au piège un de ces jours ! Mais si tu voulais… tu m'en jetterais au moins un petit morceau !

— Je n'en reviens pas ! s'exclame Tibert. Quoi ? Tu ne peux pas attendre jusqu'à ce qu'une bonne andouille bien tendre te tombe sous la patte ? Un peu de patience, voyons !

1. Un *hérétique* est celui qui ne croit pas en Dieu comme l'Église l'enseigne.

2. Commettre un *sacrilège*, c'est porter atteinte aux objets, personnes ou lieux sacrés.

Tibert laisse là la discussion et entame l'andouille. À ce spectacle, les yeux de Renart se brouillent de larmes.

— Renart, reprend Tibert, je suis heureux de constater que tu pleures sur tes péchés. Dieu voit ton repentir, et il t'allégera sûrement la pénitence[1].

— Restons-en là. Mais tu finiras bien par avoir soif, un jour. Tu seras obligé de redescendre.

— Tu ne sais pas à quel point Dieu prend soin de moi : il a prévu dans cette croix, juste à côté de moi, un petit creux que la dernière pluie a rempli d'eau. J'en ai bien assez pour boire à ma guise.

— Tu as beau dire, tu descendras tôt ou tard.

— Ce ne sera pas avant des mois, répond tranquillement Tibert.

— En tout cas, bien avant sept ans.

— Tu n'es pas chiche de le jurer !

— Je jure, dit Renart, de ne pas lever le siège avant de t'avoir attrapé.

— Le diable t'emporte si tu ne tiens pas ton serment ! Mais jure-le sur la croix, il n'en sera que plus solide.

---

1. Les *péchés* sont les fautes que l'on commet contre Dieu, quand on ne suit pas ses commandements. Le chrétien doit les regretter (*repentir*), et accomplir une *pénitence* (épreuve pour réparer les fautes commises).

— Oui, je jure de ne pas bouger d'ici avant le terme fixé. Es-tu content ?

— Oui, c'est suffisant, réplique Tibert. Ce qui me chagrine, c'est que tu n'as pas encore mangé et que tu vas devoir jeûner pendant sept ans. Quelle pitié ! Pourras-tu supporter cette épreuve ? Attention ! Tu ne peux plus revenir sur ta parole.

— Ne t'inquiète pas.

— Bon, je me tais ! Mais toi, garde-toi bien de bouger d'ici !

Tibert se tait et reprend son repas. Renart tremble et sue à grosses gouttes, de convoitise et de rage. Tandis qu'il souffre son supplice, voilà qu'un bruit soudain l'inquiète : il a entendu au loin l'aboiement d'un chien, qui a repéré sa trace. Il lui faut abandonner la place, et vite, car toute une meute a emboîté le pas à celui qui a donné l'éveil. Le chasseur les rassemble pour mieux les exciter à la poursuite. Renart lève la tête.

— Tibert, as-tu entendu ?

— Attends un peu, et surtout ne bouge pas ! C'est une douce mélodie. Par ici s'avance une procession, qui traverse la campagne, chantant messes et matines[1]. Bientôt ils chanteront l'office des morts et viendront adorer cette croix. N'as-tu pas hâte de te joindre à eux, toi qui as été prêtre jadis ?

---

1. Premier office religieux du matin dans les monastères.

Renart flaire l'odeur des chiens. Il est dans de mauvais draps, il lui faut prendre la fuite. Tibert voit qu'il s'est levé.

— Quelle est ton intention, Renart ? Tu te prépares pour l'office ?

— Mon intention ? C'est de décamper.

— Décamper ? Mais c'est impossible ! Au nom du Ciel, souviens-toi de ton serment ! Tu as juré de tenir le siège pendant sept ans, et tu te sauves au premier jour ? Par Dieu, si tu te parjures[1], tu auras des comptes à rendre devant la cour du roi Noble. Reste ici, je te l'ordonne. Je suis en bons termes avec les chiens, j'obtiendrai une trêve en ta faveur.

Renart l'abandonne là, sans ajouter un mot, la rage au cœur. Les chiens se sont lancés à sa poursuite, mais ils n'ont guère de chances de l'attraper, car Renart connaît trop bien le pays, il s'en sortira indemne. Mais il maudit Tibert et jure que s'il peut l'attraper un jour, le chat passera un mauvais quart d'heure. La guerre entre eux est déclarée : elle sera sans merci.

Tibert, de son côté, ne craint pas beaucoup Renart : guerre ou paix, peu lui importe. Mais voici que surviennent, à vive allure, deux prêtres se rendant au

---

1. *Se parjurer*, c'est manquer à la parole donnée par serment.

synode[1]. L'un monte un palefroi[2] qui le porte doucement, l'autre une jument à taches blanches. Le cavalier au palefroi aperçoit Tibert :

— Compagnon, dit-il, arrêtez ! Quelle est donc cette bête en haut de la croix ?

— Halte-là, imbécile ! C'est un magnifique chat sauvage.

— Ah, mon Dieu, si je pouvais mettre la main dessus, je serais heureux comme un roi ! Avec cette peau superbe, j'aurais un chapeau bel et bon, pour me protéger la tête du froid. C'est Dieu qui l'a mis sur notre chemin, il savait bien que j'en avais besoin ! Avec votre accord, je vais me faire confectionner ce chapeau de fourrure. Il vaudrait mieux garder la queue, qu'en pensez-vous ? Elle me couvrirait la nuque par-derrière, et le chapeau serait ainsi plus enveloppant. Regardez comme elle est belle et touffue !

— Voilà un joli discours, réplique l'autre. Mais dites-moi, pour l'amour de Dieu, quel tort vous ai-je fait pour que vous me priviez ainsi de ma part ?

— Aucun, messire Turgis. Mais j'ai grand besoin de cette peau, et c'est pour cette raison que vous devez me la laisser.

1. Assemblée des prêtres, convoquée par l'évêque.
2. Cheval de promenade ou de voyage.

— Vous la laisser ? En échange de quoi ? Quel bienfait ai-je reçu de vous ?

— Je n'ai vraiment pas de chance ! s'exclame Rufrangier. Il n'y a rien à espérer de vous, vous serez toujours aussi mesquin. Eh bien, partageons cette peau ! Mais je voudrais bien savoir comment nous allons faire.

— C'est bien simple, ma foi. Vous auriez tort de vous tracasser. Vous voulez vous faire confectionner un chapeau ? Faisons estimer la peau, et vous me payerez la moitié de sa valeur.

— D'accord ! répond Rufrangier. Je veux le chat pour moi tout seul. Puisque nous allons ensemble au synode, il nous faudra bien manger quelque part. Eh bien, c'est moi qui réglerai l'addition pour nous deux, si vous vous engagez à me céder sans conteste l'entière propriété du chat.

— C'est un honnête marché : honte à celui qui s'en dédit ! Je vous jure de m'y tenir loyalement.

— Bien, fait Rufrangier. Mais qui de nous deux va attraper ce chat ?

— Celui à qui il appartiendra. Je ne m'en mêlerai pas, puisque je n'ai rien à voir dans cette affaire. Ne comptez pas sur mon aide.

— Il ne m'échappera pas pour autant. Ce chat est à moi.

— Eh bien, bonne chance !

Rufrangier s'approche de la croix. Il n'a qu'une

idée en tête : attraper le chat. Mais son palefroi est trop petit, et il ne peut atteindre Tibert en restant assis : il lui faut monter sur la selle.

Quand Tibert le voit ainsi dressé, il se hérisse de colère. Il lui crache en pleine figure, puis il se jette sur lui, toutes griffes dehors, et lui égratigne le visage. Le prêtre tombe à la renverse : sa nuque heurte les pierres du chemin, et il manque de se fracasser la tête. Par deux fois, il s'évanouit.

Comme le prêtre gît sans connaissance, Tibert saute entre les arçons[1] de la selle, laissés libres par le cavalier. Le cheval, effrayé, prend la poudre d'escampette. Il galope à travers champs pour rentrer à la maison d'où il était parti. La femme du prêtre[2] est assise au milieu de la cour, à couper du petit bois. Elle ne voit pas venir le cheval, qui arrive à fond de train. L'animal lui heurte la poitrine si violemment qu'elle tombe à la renverse. Blessée, encore toute étourdie, elle tente de se relever, et que voit-elle ? À la place de son mari, sur la selle, Tibert se tient à croupetons. Elle est terrifiée et croit voir le diable en personne.

---

1. Armatures en bois à l'avant et à l'arrière de la selle. Les *arçons* maintiennent le cavalier en place, sinon il serait *désarçonné.*

2. Au Moyen Âge, surtout à la campagne, les prêtres vivaient souvent mariés (de manière non officielle).

Le cheval connaît bien la maison : il se dirige tout droit vers son écurie, maître Tibert toujours sur son dos. Le chat a vraiment eu de la chance : il aurait pu être attrapé et tué. D'un bond souple, il saute à terre, se faufile par la porte et repart en chasse dans la campagne.

Le prêtre gît toujours sur le sol, au pied de la croix. Il se demande où son palefroi a bien pu passer, et il appelle son compagnon :

— Mon cher ami, avez-vous vu mon palefroi ? Dites-moi où il est, je vous en prie.

— Êtes-vous blessé ? lui demande Turgis.

— Blessé ? Dites plutôt que je suis mort ! Ce n'était pas un chat, mais un démon, qui nous a attaqués. Oui, c'était un diable, n'en doutez pas. Ce dont je suis sûr, c'est qu'il nous a ensorcelés : nous pourrions mourir avant la fin de l'année, je le sens. La disparition de mon palefroi ne me paraît pas naturelle.

Alors, avec l'aide de messire Turgis, il commence à réciter toutes ses prières : le Kyrie, le Credo, le Miserere, le Pater noster, ainsi que toutes les litanies des saints[1]. Avant de reprendre la route, les deux prêtres regardent de tous côtés s'ils ne voient pas

1. Noms latins de plusieurs prières chrétiennes. Les *litanies* sont des prières répétitives adressées aux saints.

Tibert, avec le cheval. Mais rien, pas la moindre trace !

Ils se résignent alors à partir, après avoir fait un signe de croix[1]. Mais il n'est plus question d'aller au synode, car Rufrangier est grièvement blessé. Il rentre chez lui, plein de douleur et de colère. Sa femme lui demande :

— Est-ce le bon vent qui vous amène ?

— La tempête, voulez-vous dire ! Je faisais route avec le seigneur Turgis de Maubuisson, et nous avons rencontré un diable qui nous a ensorcelés. J'ai eu de la chance d'en réchapper !

1. Le *signe de croix*, emblème des chrétiens, a le pouvoir, croit-on, d'éloigner le diable et ses maléfices.

4

La vengeance de Drouin

Renart est à nouveau par les chemins. Poussé par la faim, il se risque vers un village, mais pas trop près, à cause des chiens. Il parvient à un verger, où il trouve un cerisier lourdement chargé de fruits. Il s'approche et le voilà juste en dessous de l'arbre. À son sommet il aperçoit le moineau, qui s'amuse à sautiller de branche en branche. Renart l'interpelle :

— Eh bien, Drouin, on peut dire que tu ne manques de rien ! Cerises à gogo ! Tu es mieux loti que la plupart des oiseaux.

— Ah, Renart, si tu savais, j'en suis dégoûté ! Le

diable emporte ces cerises ! Je te les abandonne, si tu veux.

— Je ne peux pas les attraper. Mais tu pourrais peut-être m'en donner deux, que je puisse les goûter ?

— Je t'en donnerai bien un plein setier[1], si tu t'en sens l'appétit.

— Mille fois merci, très cher ami, ce n'est pas de refus. Tu peux être sûr de ma reconnaissance.

Et Drouin lui jette sur le sol trois cerises d'un coup. Renart n'en fait qu'une bouchée, avec le plus grand plaisir.

— Ah, Drouin, elles sont délicieuses ! Donne-m'en d'autres, je te prie.

— Oui, elles sont vraiment bonnes, tu en auras à profusion.

Et le moineau lui jette assez de cerises pour remplir le pan d'un vêtement. Renart en mange à satiété. Quand il est bien repu, Drouin lui demande :

— En veux-tu encore ?

— Non merci, j'en ai bien assez. Je ne pourrais pas en manger une de plus !

— Renart, reprend Drouin, écoute-moi ! Tout ce que tu souhaitais, je te l'ai donné. Je sais que tu es plein d'expérience : tu as visité bien des pays, en

---

1. Ancienne mesure de capacité, pour mesurer les grains. Le *setier* vaut entre 150 et 300 litres.

hiver comme en été, et tu as connu des aventures qui t'ont beaucoup appris. Nous autres moineaux, nous ne sommes que de petites gens, mais ne voudrais-tu pas nous faire profiter de ton savoir ? Voilà ce que je voulais te demander.

— Par saint Nicolas, répond Renart, tu peux me demander ce que tu veux, je te donnerai de bons conseils, et, si je le peux, je te viendrai en aide.

Drouin, perché sur son arbre, n'hésite plus. Il lui livre son souci.

— Renart, je vais te le dire en quelques mots. Prête-moi bien attention. J'ai ici à côté de moi neuf petits moineaux. Ils sont malades et chaque jour qui passe augmente leur mal.

— Cesse de te tourmenter, dit Renart. Je les guérirai parfaitement. Tu sais bien qu'il n'y a pas deux ans, je suis allé en Calabre et en Lombardie, en Toscane et en Arménie. J'ai par trois fois franchi la mer à la recherche d'un médicament pour soigner mon seigneur le roi Noble. Je me suis rendu à Constantinople, et j'ai traversé deux fois la mer d'Angleterre pour atteindre l'Irlande. J'ai fini par trouver le remède qui a guéri le roi. Pour récompense, il m'a fait châtelain dans son pays.

— Renart, apprends-moi donc comment tu vas guérir mes oisillons.

— Drouin, par saint Omer, tu vas les faire

baptiser[1]. Aussitôt qu'ils seront de bons chrétiens, le mal les quittera et ne reviendra jamais plus.

— C'est bien possible, mais où aller chercher un prêtre ?

— Un prêtre ? Mais tu sais bien que je suis prêtre dans notre religion.

— Par l'âme de mon père, je l'avais oublié ! Cher frère, je t'en prie, accepte de baptiser mes enfants.

— Très volontiers, par ma foi. L'aîné recevra le nom de Liénart[2]. Pour les autres, nous verrons après.

— C'est bien parlé, déclare le moineau.

Et voici que Drouin est entré dans son nid. Il prend son fils aîné et sans hésiter le jette en bas de l'arbre. Renart le recueille très volontiers dans son giron, puis le fait prisonnier dans son ventre. Un à un Drouin les jette tous, et Renart les baptise.

— Baptise-les bien, insiste le moineau.

— Sois sans crainte ! Ils ne seront plus jamais malades, cela, je te le garantis.

Drouin regarde en bas de l'arbre, et il n'y voit aucun de ses fils. Il comprend qu'il a été trahi.

---

1. Le *baptême* est la cérémonie par laquelle on devient chrétien. C'est à ce moment que l'enfant reçoit pour prénom le nom d'un saint : celui-ci devient son patron, chargé de le protéger.

2. Saint protecteur des prisonniers.

— Renart, où sont mes fils ? J'ai bien peur que tu ne les aies massacrés.

— Mais non, ils sont ici en bas.

— Hélas, maudit traître, tu les as mangés !

— Pas du tout, rétorque Renart.

— C'est pourtant ce qui s'est passé. Tu m'as bien mal récompensé des cerises que je t'avais données.

— Tu es fou, ils se sont envolés.

— Envolés ? Je n'en crois pas un mot.

— C'est pourtant la vérité, par ma foi.

— Tu oserais prêter un faux serment ?

— Pourquoi pas, si j'en ai envie ?

— Puisse la goutte maligne te crever l'œil ! s'écrie Drouin.

— Qu'elle crève le tien !

— Si je te tenais, je te casserais la figure !

— Eh bien, viens donc me frapper !

— Hélas, cela m'est impossible !

— Impossible ? Alors je n'ai pas à m'en soucier.

— Mais dis-moi donc, traître infâme, qu'as-tu fait de mes oisillons ?

— Ce que j'en ai fait ? Je vais te le dire : ma foi, je les ai mangés !

— Tu les as mangés ?

— Eh oui ! Je le jure sur ma tête. Tu n'y peux rien changer. Dis-toi qu'ils sont débarrassés de leur maladie. Quant à toi, mon seul regret est de ne pas t'avoir attrapé aussi !

Sur ces mots, Renart s'en va sans s'attarder davantage.

Drouin reste là, en proie à la plus vive douleur. Il s'adresse des reproches amers :

— Hélas, malheureux que je suis ! Mes pauvres enfants, c'est moi qui vous ai tués, je suis le seul coupable ! Misérable insensé, je ne veux plus vivre davantage.

Il se laisse alors tomber à terre, évanoui. Revenant à lui, il se lamente et se donne de grands coups de bec, s'arrachant les plumes avec rage. Après s'être bien maltraité et injurié, il se met à réfléchir. Comment tirer vengeance de Renart, qui lui a fait tant de mal ? Il va parcourir tout le pays à la recherche de celui qui sera capable de le venger.

Il se met en route, priant Dieu de l'aider à trouver du secours dans sa détresse. Il n'y a chien de chasse ou mâtin dans la région qu'il n'ait sollicité. Il a poursuivi sa quête avec acharnement, mais chacun lui a répondu fort courtoisement qu'il préférait ne pas s'en mêler. « C'est une affaire très délicate. Nous avons trop peur de Renart pour engager une action contre lui. Allez chercher ailleurs qui voudra bien vous venger. » Cette réponse remplit Drouin de colère. Il les quitte désespéré et furieux.

Sur le chemin du retour il rencontre, allongé sur un tas de fumier, un mâtin maigre et efflanqué. Il est en train de mourir de faim, au point de ne pouvoir remuer pied ni patte. Drouin se dirige aussitôt vers lui et l'interpelle :

— Eh bien, Morant, comment te portes-tu ?

— Messire, je vais bien mal : je suis dans l'incapacité de faire le moindre mouvement, car je meurs de faim. J'ai été au service d'un mauvais paysan, qui ne m'a rien donné à manger.

— Ma foi, Morant, c'est sans doute parce qu'il n'avait pas grand-chose à manger lui-même : la disette a sévi dans ce pays. Mais écoute-moi bien, mon cher ami : si tu veux me rendre un service contre un de mes ennemis, tu n'auras pas à le regretter. Je saurai me montrer loyal et généreux envers toi : tu auras à manger à satiété.

— Messire, si vous me nourrissez suffisamment pour me rendre vie, je me mettrai à votre service, je puis vous le jurer. Sachez bien que, lorsque j'étais en possession de mes forces, aucune bête ne pouvait m'échapper, biche, ours ou cerf. J'étais hardi et vigoureux, et je pourrais le redevenir, si seulement j'avais de quoi manger !

— Tu en auras en abondance, lui affirme Drouin.

— Je suis prêt à accomplir votre volonté, et je vous serai dévoué corps et âme. Mais, dites-moi, quel est celui que vous haïssez si fort ? Ne me cachez rien.

— En vérité, c'est Renart, le maudit rouquin. Il a mangé tous mes enfants, et je suis plongé dans la douleur et dans la honte. Mon seul désir au monde est la vengeance.

— Vous avez raison, Drouin, et vous serez vengé. Renart a dépassé les bornes en agissant ainsi. Vous pouvez me croire, si vous respectez votre promesse, le goupil passera un mauvais quart d'heure, foi de Morant !

— Viens avec moi, et sois sans crainte, répond Drouin.

Morant se lève alors, mais il peut à peine se tenir sur ses pattes, tellement la faim l'accable. Tout doucement, à pas prudents, il suit Drouin sur le chemin, soutenu par l'espoir de manger enfin. Le moineau le fait dissimuler dans un buisson, au bord du chemin.

— Écoute-moi bien, lui dit-il. C'est là que tu dois m'attendre. Tu auras bientôt à manger, car je vois venir par ici une charrette chargée de pain et de viande. Je vais aller jouer un petit tour au charretier. Dès que tu verras qu'il est occupé à me poursuivre, tu iras droit à la charrette et, sans hésiter, tu saisiras un quartier de porc salé.

— Par ma foi, j'obéirai avec plaisir !

Voici qu'arrive le charretier, qui fait route à bonne allure. Drouin va au-devant de la charrette et se pose sur le chemin en clopinant, comme un oiseau blessé. Le charretier s'arrête pour mettre pied à terre et s'en saisir. Mais le moineau s'en va sautillant devant lui, et l'homme le poursuit. Il croit sans cesse l'attraper, mais Drouin se dérobe chaque fois, aussi vite qu'il le peut.

Morant, couché dans le buisson, ne perd pas de temps. Il réunit toutes ses forces pour atteindre la charrette, et il y grimpe péniblement, car il a les pattes très faibles. Il jette à terre un quartier de porc, et saute promptement sur le sol. Avec de grands efforts, il traîne son butin vers le buisson.

Le petit Drouin, qui l'a suivi du coin de l'œil, s'envole aussitôt au nez du charretier. Celui-ci réalise alors qu'il a été trompé. Il fait demi-tour et revient en courant, tout en sueur, à sa charrette. Consterné et furieux, il ne peut que constater le larcin. « Maudit oiseau de malheur ! » peste-t-il en remontant sur son cheval. Il s'éloigne avec son chargement de victuailles.

Drouin vient se percher sur le buisson où messire Morant est en train de dévorer.

— Dieu te bénisse, Morant !

— Messire, je me serais bien levé pour vous saluer, mais je suis encore trop faible.

— Assieds-toi et tais-toi. Tu dois manger et te reposer, voilà ce dont tu as besoin.

— C'est bien vrai, messire, j'ai toute la nourriture nécessaire, mais il me faudrait aussi à boire.

— Tu en auras, dit Drouin, et aujourd'hui même, s'il plaît à Dieu. Je vois venir une autre charrette, chargée de vin.

Le rusé moineau va s'installer au milieu du chemin. La charrette arrive, lancée à vive allure. Drouin saute sur la tête du cheval et lui pique l'œil de son bec, menaçant de l'éborgner. Le charretier furieux saisit aussitôt son gourdin pour frapper le moineau, mais il rate son coup, car le petit Drouin a fait un saut de côté. L'autre a assommé son cheval, qui tombe mort au milieu du chemin, l'encolure brisée. La charrette verse, l'essieu se casse et le charretier fait la culbute. Le tonneau est tombé à terre, défoncé, et le vin se répand.

Le moineau hèle Morant, tapi dans la haie :

— Ton vin est servi, Morant !

— Mille fois merci, seigneur, et que Dieu vous récompense !

Le charretier se relève, tout endolori, et il voit son cheval mort. Furieux, désolé, il n'a plus qu'une chose à faire : il tire son coutelas et, sur-le-champ, il écorche son cheval. Ayant récupéré la peau, il s'en va vers le village, le cœur plein de colère.

Les deux compères restent maîtres du terrain.

— Ma foi, dit Drouin, nous avons maintenant une double provision de victuailles : viande fraîche et viande salée. Quant au vin, il en reste bien assez dans le tonneau.

Morant a de quoi manger et boire autant qu'il lui faut. La situation a duré quelque temps, si bien que le chien est redevenu gros et gras, retrouvant la vigueur et la vivacité de son corps. Il dit alors au moineau :

— Seigneur, soyez remercié ! Vous avez tenu votre promesse : me voilà fort et alerte. Je suis prêt à vous venger de Renart : il va payer bientôt le mal qu'il vous a fait.

— Voilà de sages paroles, mon cher ami. Attends-moi ici, je vais aller me renseigner pour savoir s'il est chez lui. J'irai jusqu'à son refuge, et je trouverai bien un moyen pour l'amener en ce lieu.

— Ne vous inquiétez pas, je ne bougerai pas d'ici.

Drouin vole tout droit jusqu'au château de Renart. Il n'a aucune crainte et il s'y connaît en méchants tours. S'arrêtant devant la porte, il s'approche d'un guichet[1], d'où il voit Renart couché. Aussi fort qu'il peut il lui crie :

— Renart ! Viens donc me tuer ! Dépêche-toi de venir m'étrangler ! Je ne tiens plus à la vie depuis que tu as mangé mes enfants.

Renart est allongé paisiblement, il se repose bien à l'aise, quand il entend Drouin qui crie devant la porte, pour qu'il vienne le manger. Aussitôt il bondit au-dehors et se rue sur le moineau. Mais Drouin n'a nullement envie de mourir. Il va se poser un peu plus loin.

---

1. Petite ouverture pratiquée dans une porte.

— Fi ! dit Renart, misérable petite créature, tu n'oses pas m'attendre ? Crois-tu que je veuille te capturer ? Je plaisantais, je ne te veux aucun mal. Viens t'asseoir à côté de moi !

— Viens plutôt me chercher ! Je ne bougerai pas d'ici.

Renart brûle du désir de s'emparer de lui. Il se précipite, mais Drouin se dérobe d'un petit saut. Le manège se répète plusieurs fois, si bien qu'à la fin, le moineau parvient au buisson où Morant est dissimulé. Renart tente de l'atteindre, quand soudain le chien bondit de sa cachette et l'assaille. Le goupil à sa vue comprend sa stupidité et veut tourner les talons. Trop tard ! Le mâtin lui a planté ses crocs dans le derrière. Renart se débat de toutes ses forces et parvient à se dégager, mais l'autre le rattrape et le happe par la cuisse. Le chien le lance à terre et lui monte sur le ventre. Il le maltraite et lui arrache du dos une lanière de peau large de plus de trois doigts. Renart est impuissant à se dérober. Le mâtin lui déchire cruellement la chair. À la fin, lassé de tirailler et de mordre, il abandonne sa proie, le laissant pour mort.

Le moineau lui demande :

— Alors, mon ami, comment vas-tu ?

— Bien, n'ayez aucune crainte. Mais pour Renart, je l'ai si bien arrangé avec mes dents qu'il est en piteux état. Je pense qu'il ne pourra plus faire de mal, si du moins il en réchappe. S'il en sort vivant, jamais il ne recouvrera la santé.

— C'est exactement ce que je souhaitais. Tu as parfaitement rempli ta part du contrat. Va, mon ami, et que Dieu soit avec toi !

Ils se sont séparés. Drouin est très content de l'issue de l'affaire, et brûle d'envie de dire à Renart ce qu'il a sur le cœur. Il s'approche de lui en sautillant.

— Comment allez-vous, messire Renart ? Vraiment, votre pelisse est hors d'usage, et il y manque bien des morceaux. Si le mauvais temps se prolonge, vous risquez de prendre froid, car vos fourrures sont en lambeaux. À moins que votre épouse Hermeline ne se glisse auprès de vous pour vous tenir chaud ? Ne croyez pas que je me moque de vous, ce sont des recommandations amicales !

Renart ne souffle mot. Il entend bien les sarcasmes du moineau, mais il n'a pas la force de bouger. Quand Drouin s'est suffisamment moqué de lui, il l'abandonne et s'en va, savourant la joie de la vengeance. Renart demeure là, tout déchiqueté par les dents du chien. Il aura besoin de beaucoup de temps et de soins pour retrouver la santé.

DEUXIÈME PARTIE

RENART ET YSENGRIN

Le moment est venu de vous raconter la guerre, qui fut longue et acharnée, entre Renart et Ysengrin. Ces deux barons, à la vérité, ne se portaient pas la moindre affection : il y eut entre eux maintes querelles et maintes batailles. Mais il faut connaître l'histoire depuis le début. Vous allez apprendre la triste affaire qui fut à l'origine de leur brouille et de leur conflit.

Ce récit, je l'ai trouvé dans un livre excellent, débutant par une grande lettrine vermillon[1]. Les histoires vous paraîtront peut-être incroyables, et moi-même j'ai parfois pensé que celui qui les écrivait devait être ivre ; mais il faut croire ce qui est écrit, et respecter les livres.

Ce livre raconte que le loup Ysengrin était l'oncle de Renart. Il y avait donc entre eux des relations de parenté, et même d'amitié : ils s'appelaient « oncle » et « neveu ».

---

1. Les manuscrits précieux du Moyen Âge commencent par une grande lettre, ou lettrine, souvent en rouge (*vermillon*), parfois ornée d'une miniature.

Le loup parlait au goupil avec affection. Mais quand Renart était en sa compagnie, et qu'il lui demandait : « Mon cher oncle, qu'allons-nous faire aujourd'hui ? », c'était seulement pour gagner son amitié, car il avait le cœur perfide et plein d'envie.

1

Les jambons d'Ysengrin

Renart arriva un jour bien malade chez son oncle : il était couvert de pustules. Ysengrin lui demanda :

— Mais qu'as-tu donc, Renart ? Je te vois fort mal en point.

— Je suis malade.

— Vraiment, mon cher neveu ? Et as-tu au moins mangé aujourd'hui ?

— Non, seigneur, je n'en ai aucune envie.

Ysengrin se tourne vers sa femme :

— Allons, dame Hersent, levez-vous, et préparez-lui une petite brochette, avec deux rognons et une rate, que vous ferez rôtir.

Renart fait triste mine. Il avait entendu parler de

certains jambons, que son oncle avait récemment préparés. Il lève un peu la tête et voit les trois jambons, pendus à la poutre maîtresse. Il s'adresse à eux avec un sourire narquois :

— Pauvres jambons ! Il n'est pas malin, celui qui vous a placés ici !

Puis, se tournant vers Ysengrin :

— Hélas, mon cher oncle, vous devriez vous méfier de vos voisins. Il y a des gens si malveillants ! Si l'un d'entre eux les voit, il voudra obtenir sa part. À votre place, je les décrocherais, et je dirais qu'ils m'ont été volés.

— Ne t'inquiète pas, répond le loup. Celui qui les verra n'est pas près d'y goûter.

Renart se met à rire :

— Vous pouvez être sûr que quelqu'un vous en demandera !

— Pas question ! Frère, neveu ou nièce peuvent me supplier : je n'en accorderai pas la moindre miette.

Il dit cela pour Renart, et il est vrai qu'il n'en aurait même pas donné à père ou mère.

Avant que la semaine ne soit écoulée, Renart revient chez le loup, mais cette fois, durant son sommeil, et dans le plus grand silence. Il creuse une ouverture dans la toiture, au niveau de la poutre maîtresse. Là, au prix de nombreux efforts, il parvient à tirer par le trou les trois jambons et il les emporte dans sa maison. Après les avoir découpés en morceaux, il les dissimule dans la paillasse de son lit.

Ysengrin s'est levé de bon matin. Il voit le trou dans sa toiture et constate la disparition de ses trois jambons. Il clame à sa femme :

— Hélas, dame Hersent, nous sommes trahis, déshonorés !

Hersent saute sur ses pieds et surgit comme une folle, nue et échevelée.

— Mon Dieu ! Qui a pu faire cela ? Quelle perte, quel outrage !

Sur qui faire tomber les soupçons ? Ils ne peuvent que se réfugier dans la colère. Après le déjeuner, Renart est arrivé à leur demeure tout joyeux, pour passer quelques bons moments avec eux. Il trouve son oncle fort affligé.

— Mon oncle, qu'avez-vous ? Je vous vois plongé dans la tristesse et la colère.

— Cher neveu, il y a bien de quoi : j'ai perdu mes trois jambons. C'est pour cette raison que mon cœur est rempli de douleur et de courroux.

— Bravo, mon oncle, c'est bien ainsi qu'il vous faut parler. Vous devez aller par les rues, clamant que vous avez perdu votre provision de viande. Ainsi, plus personne, parent ou ami, ne risque de venir vous en demander.

— Cher neveu, je t'ai dit la vérité : ils ont bel et bien disparu !

— Sornettes ! Tel se plaint qui n'a subi aucun mal. Je sais bien que vous les avez mis en sûreté, de peur que parents ou amis ne vous en demandent un morceau.

— Tu te moques de moi ? dit le loup. Au nom de l'âme de ton propre père, tu ne crois pas à ce que je te dis ?

— Oui, oui, continuez votre refrain !

— Renart, intervient dame Hersent, vous avez perdu la tête, je pense. D'ailleurs, si nous n'avions pas perdu ces jambons, nous n'aurions jamais refusé d'en donner !

— Dame, je le sais parfaitement, vous n'êtes jamais à court de ruse. Mais je vois votre toiture bien endommagée. N'est-ce pas par là qu'on a tiré les jambons ?

— Mais oui, justement, c'est ce qu'on a fait.

Renart ricane :

— C'est exactement ce qu'il fallait répondre.

— Enfin, Renart, il n'y a pas de quoi rire. Nous avons subi une perte considérable, et je suis très affligée.

Tout joyeux, Renart les quitte. Les autres restent là à se lamenter. Ainsi s'achève l'affaire : le goupil est hors de cause au sujet des jambons… et fort content d'avoir réussi à rouler ses amis !

C'est ainsi que Renart fit ses premières armes. Par la suite, il devint si expert en ruse et tromperie qu'il causa de multiples tourments à son oncle et à bien d'autres.

2

Renart et la louve

Quelque temps après cette affaire, le goupil se mit en quête de nourriture à travers le pays. À force de sillonner les bois et de gravir les collines, il se retrouva complètement égaré. Devant lui se dressait une haie, qui dissimulait un trou obscur. C'est là qu'il lui arriva une aventure qui devait lui procurer bien des tourments. Une aventure inspirée par le Diable, et qui fut la cause de la grande querelle qui l'opposa au connétable[1] Ysengrin.

---

1. Charge importante à la cour d'un roi : le *connétable* est le chef des armées.

Renart aperçoit donc un creux dans un rocher. Qu'est-ce que cela peut bien être ? N'y aurait-on pas caché un trésor ? Ou bien serait-ce l'entrée secrète d'une demeure ? Il entre dans la grotte et se faufile dans l'étroit boyau.

C'est seulement lorsqu'il débouche dans un vaste espace qu'il comprend où il est : au beau milieu de la grande salle de messire Ysengrin. Au centre sont couchés quatre louveteaux en compagnie de dame Hersent, qui leur tient chaud. Il n'y a pas longtemps qu'elle a accouché, et elle leur donne la tétée. Elle lève la tête, au bruit, et voit la porte ouverte. Elle veut savoir qui vient d'entrer. Renart est mince et menu, il tente de se dissimuler derrière la porte, mais Hersent le reconnaît à son pelage roux. Rassurée, elle l'interpelle en riant :

— Alors, Renart, vous êtes en train d'espionner ?

Renart se rend compte qu'il a été découvert. Il se retrouve tout piteux et n'ose prendre la parole. Hersent se redresse, écarte ses enfants, et lui fait signe de son doigt :

— Renart, la couleur de votre pelage montre bien à quel point vous êtes fourbe et perfide[1]. Vous n'avez jamais cherché à me faire plaisir, vous ne m'avez

1. Au Moyen Âge, le *roux* est réputé pour être la couleur de la fausseté, de la trahison.

même pas rendu visite. Et pourtant, rendre visite est un usage bien établi pour un compère à l'égard d'une commère !

Malgré l'effroi qu'il éprouve, Renart ne peut s'empêcher de répondre :

— Dame, j'en prends Dieu à témoin, ce n'est pas par méchanceté ou par haine que j'ai évité de vous rendre visite après votre accouchement. Bien au contraire, je serais venu très volontiers pour vous féliciter de cette naissance, mais lorsque je parcours les sentiers de ce pays, messire Ysengrin ne cesse de m'espionner à chaque détour du chemin. Je ne sais que faire, face à la haine de votre mari. Il a pourtant grand tort de me haïr : jamais je n'ai commis à son égard la moindre faute qui aurait pu causer sa rancune ! C'est pour cette raison que je n'ose vous rendre visite. Il prétend que je vous aime d'amour. Plusieurs fois, il s'en est plaint auprès de ses amis, dans ce pays, et il leur a promis des récompenses s'ils l'aident à me couvrir de honte. Mais dites-moi : où aurais-je la tête, si je vous faisais des propositions malhonnêtes ? Loin de moi cette pensée !

Ces paroles mettent Hersent hors d'elle. Rouge de colère, elle s'écrie :

— Comment, Renart, on jase à notre sujet ? En vérité, on a eu tort de me soupçonner. Celui qui croit venger son déshonneur ne fait qu'augmenter sa honte.

Je ne crains pas de le dire : je suis une honnête femme, et je n'ai jamais pensé à mal. Mais puisqu'Ysengrin a osé s'en plaindre, j'exige que vous m'aimiez. Revenez donc me voir aussi souvent que vous voulez, je ferai de vous mon ami. Prenez-moi dans vos bras, et donnez-moi un baiser. Vous pouvez le faire tout à votre aise : il n'y aura aucun témoin pour nous accuser.

Renart, tout heureux, s'approche de la louve pour l'embrasser. Hersent, qui prend plaisir au jeu, lève la cuisse. Après en avoir pris son plaisir, le goupil s'apprête à repartir, car il redoute le retour d'Ysengrin, qui pourrait bien arriver à l'improviste.

Cependant, avant de sortir, Renart se dirige vers les louveteaux. Il prend et mange toute la nourriture qui leur était destinée : viande fraîche et viande séchée. Il les fait tomber du lit et les roue de coups, comme s'il était leur maître. Il les insulte en les traitant d'affreux bâtards. S'il se permet ces familiarités, c'est qu'il ne craint personne, sauf dame Hersent, son amie, qui se gardera bien de le dénoncer.

Il laisse les louveteaux en pleurs. Leur mère vient les cajoler et les supplie :

— Mes enfants, ne soyez pas assez méchants ou bêtes pour dire quoi que ce soit à votre père. Il est inutile qu'il apprenne que Renart est venu ici.

— Comment ? Il nous faudrait cacher que vous avez reçu ici ce rouquin de Renart, notre ennemi mortel ? Que vous avez trompé notre père, qui avait confiance en vous ? Ses affronts, ses injures, s'il plaît à Dieu, ne resteront pas impunis.

Renart les entend gronder, et se mettre en colère contre leur mère. C'est le moment de filer. Il se met en route, baissant la tête pour passer inaperçu, et retourne à ses occupations.

Or voici que maître Ysengrin est de retour à son logis. Il a tant parcouru le pays, tant fureté à la recherche de proies, qu'il ploie sous les victuailles. Les autres peuvent crever de faim, son gîte à lui sera bien garni !

Il trouve sa maisonnée complètement sens dessus dessous après la visite de Renart. Ses fils viennent se plaindre : ils ont été battus et insultés, maltraités et jetés à terre. On les a traités de fils de pute et de sales bâtards.

— Et pour couronner le tout, il a même affirmé que vous, vous étiez cocu !

Ysengrin est fou de rage quand il apprend la faute de sa femme. Il manque de s'évanouir de colère. Il hurle et vocifère comme un beau diable :

— Hersent, espèce de sale putain, mauvaise garce sans foi ni loi ! C'est ainsi que tu me traites ? Je t'ai entretenue comme une reine, je t'ai protégée et nourrie, et c'est un autre qui couche avec toi ? Il faut que tu sois une vraie coureuse pour laisser Renart, ce rouquin puant, cette canaille de bas étage, te grimper dessus ! Parbleu, me voilà déshonoré ! Tu m'as cocufié, et tu t'en repentiras. Puisque tu as accueilli un tel hôte, tu ne coucheras plus jamais à mes côtés, à moins de faire toute ma volonté.

C'est le moment pour Hersent de filer doux. Si elle ne promet pas de faire tout ce qu'il veut, elle risque de passer un mauvais quart d'heure.

— Seigneur, vous n'avez qu'à parler. Mais la colère est mauvaise conseillère. En fait, vous avez tort de vous emporter, car je pourrais me justifier par serment, ou par le jugement de Dieu[1], de ce dont on m'accuse : que l'on me brûle ou me pende si je ne peux faire la preuve de mon innocence ! Pardessus le marché, je m'engage à exécuter, le mieux possible, tout ce que vous m'ordonnerez.

Ysengrin ne peut pas demander mieux : ce qu'il vient d'entendre lui semble suffisant. Sa colère est retombée, mais auparavant il lui a fait jurer qu'elle sera à l'avenir la pire ennemie de Renart. Tout ragaillardi, il ajoute qu'avant même de se lancer dans la guerre, il va se mettre à guetter les allées et venues de Renart.

---

1. Au Moyen Âge, quand on est accusé d'un crime, on peut se défendre en justice par un *serment* solennel, ou bien avoir recours au *jugement de Dieu* (épreuve par l'eau ou par le feu, où Dieu, pense-t-on, désigne qui est innocent ou coupable).

Le goupil a désormais deux ennemis : il a intérêt à prendre garde !

Avant qu'une semaine ne soit passée, une aventure étrange se produit. Près d'un verger clôturé, au détour de la route, Renard est venu fouiner en quête de nourriture : il va manquer de se faire encercler. Ysengrin, qui cherche à le piéger, se trouve là en compagnie d'Hersent. Quand il le voit, le loup pousse un cri pour l'appeler, mais Renart se méfie, il s'enfuit à toutes jambes.

Ysengrin et Hersent se lancent à sa poursuite, mais en vain : ils n'arrivent pas à le rattraper. Renart suit un étroit sentier et Ysengrin essaie de couper au plus court par les broussailles. Cependant le goupil voit sa manœuvre et oblique brusquement : Ysengrin ne pourra l'intercepter.

Constatant que Renart a changé de direction, Hersent lui emboîte le pas. Elle a l'air vraiment très en colère, et Renart préfère accélérer sa course. Il parvient à son refuge de Malcreux et se faufile prestement par l'ouverture. Il n'a plus à redouter son amie dame Hersent.

C'est alors que la louve commet sa plus grosse sottise : à la suite de Renart, elle s'engouffre dans le terrier à toute vitesse. Elle y entre d'un seul élan jusqu'au ventre, et si violemment qu'il lui est impossible de se dégager.

Renart comprend qu'elle est coincée. Quelle aubaine ! Comment renoncer au plaisir de profiter d'elle à son aise ? Sortant du terrier par une issue secrète, il vient à la louve, prisonnière de l'entrée principale et saute sur sa croupe. Hersent proteste, mais il n'en a cure.

— Vous pouvez dire tout ce que vous voulez, dame Hersent, je l'ai fait et le referai !

Et il se remet à l'ouvrage. Là-dessus, voici qu'arrive messire Ysengrin, qui tombe au beau milieu de la fête.

— Holà, Renart, s'écrie-t-il, tu vas me le payer cher !

Renart a déjà pris ses distances.

— Seigneur Ysengrin, réplique-t-il, pourquoi cette colère ? Voilà ce que je gagne à vous rendre service ! Dame Hersent était coincée dans ce trou, comme vous pouvez le constater, et je l'aidais à s'en dégager ! Je n'ai jamais causé de tort à votre femme, j'en fais le serment.

— Un serment, maudit traître ? Tu peux garder pour toi ton baratin, je n'en crois pas un mot. Tout est clair à mes yeux.

— Non, seigneur, vous êtes dans l'erreur.

— Hein ? Crois-tu que je sois aveugle ? J'ai parfaitement vu ce que tu as fait à Hersent. Loin de chercher à la tirer hors de ce terrier, tu n'as cessé de la pousser !

— Par Dieu, seigneur, j'ai seulement essayé de faire preuve d'astuce. Cette dame était bloquée dans mon terrier : elle s'y était engagée jusqu'au ventre et, comme elle est fort dodue, elle ne pouvait plus en sortir. Pour moi, il m'était complètement impossible de l'en retirer. Mais si le terrier est étroit à l'entrée, il s'élargit après : j'ai donc tenté de la pousser à l'intérieur. Voilà toute la vérité. D'ailleurs, quand elle sera sortie d'ici, vous entendrez son témoignage. À moins qu'elle ne veuille mentir, elle préférera se taire sur cette affaire.

S'étant ainsi justifié, Renart prend la fuite. Ysengrin le voit se sauver, la rage au cœur. Non seulement le goupil l'a déshonoré sous ses propres yeux, mais en plus il vient de se payer sa tête !

Cependant, l'heure n'est plus aux discours. Hersent est dans une situation critique, et il faut lui porter secours. La saisissant par la queue, il la tire si brutalement qu'elle souffre le martyre. Mais inutilement, car elle reste coincée.

Ysengrin comprend que si le terrier n'est pas un peu élargi, ses efforts seront vains. Il ne ménage pas sa peine : il gratte la terre de ses ongles, et la dégage de ses pattes. Lorsqu'il en a ôté suffisamment en haut, en bas et sur les côtés, il revient à sa femme. C'est bien le diable s'il ne parvient pas à l'extraire de là !

Il pousse et tire, pousse et tire encore. À force de tirer et de soulever, il réussit à l'extirper. Il s'arrête un moment, tout essoufflé. Renart a disparu, il ne peut plus rien contre lui. Avec Hersent, le loup va rejoindre sa maisonnée, tapie dans leur tanière à l'abri des rochers.

3

Les marchands de poisson

C'était à l'époque où les beaux jours d'été tirent à leur fin, laissant la place au cruel temps d'hiver. Renart demeurait en son logis, mais ses provisions étaient épuisées. La situation devenait critique : pas la moindre miette de nourriture, et plus un sou à dépenser. Poussé par la nécessité, il a pris la route.

Avec mille précautions pour ne pas être remarqué, il se glisse à travers un marais couvert de joncs, qui s'étend entre le bois et la rivière. Le voilà arrivé à un grand chemin empierré où il s'accroupit, le nez au vent, tendant le cou dans toutes les directions. Où trouver à manger ? La faim le torture, et il commence à désespérer. Il se couche le long d'une haie, résolu à attendre qu'une occasion se présente.

Mais voici que surviennent, dans leur charrette lancée à grande allure, des marchands de poisson en provenance de la mer. Ils transportent des harengs frais à profusion, car la bise n'a pas cessé de souffler tout au long de la semaine. Leurs paniers débordent d'autres variétés de poissons, lamproies et anguilles achetées dans les fermes, tous plus délicieux les uns que les autres. La charrette est lourdement chargée.

Renart, le roi des trompeurs, les aperçoit à une portée d'arc[1]. Il file sans se faire voir par des chemins de traverse pour les devancer, bien décidé à leur jouer un tour de sa façon. Écoutez comme il les trompe habilement ! Il s'est couché sur le chemin : allongé sur l'herbe du talus, il fait le mort. Il ferme les yeux, retrousse les babines sur ses dents et retient son souffle. Avez-vous jamais entendu parler d'une telle traîtrise ? Il est étendu, inerte.

C'est alors qu'arrivent les marchands, qui ne se doutent de rien. Le premier à le voir le fixe avec attention, puis il interpelle son compagnon :

— Regarde là-bas ! C'est un goupil, ou bien un molosse !

L'autre le voit et s'exclame :

---

1. Distance d'environ 200 m.

— C'est le goupil ! Va, et attrape-le ! Crétin, fais attention, qu'il ne s'échappe pas ! Ha, Renart, tu vas y laisser ton paletot !

Le marchand presse le pas, suivi de son compagnon. Ils s'approchent, et trouvent le goupil couché sur le dos. Ils le tournent et le retournent : il n'y a aucune crainte à avoir, il ne les mordra pas. Ils évaluent le prix de sa fourrure, la peau du dos, puis celle de la gorge. Le premier déclare :

— Elle vaut trois sous, à mon avis.

— Grand Dieu ! réplique l'autre, elle en vaut bien quatre, et ce serait bon marché ! Nous ne sommes pas trop chargés : jetons-le sur notre charrette. Non, mais regarde : la gorge est d'une blancheur parfaite !

Ils le lancent sur leur chariot et reprennent leur route, se félicitant de l'aubaine.

— Pour l'instant, laissons-le là où il est. Mais ce soir, à la maison, nous lui retournerons le paletot.

Et ils s'esclaffent de leur plaisanterie. Mais de son côté, Renart ne fait qu'en rire, car il y a une bonne distance entre dire et faire ! Il se couche à plat ventre sur les paniers, en ouvre un avec ses dents et en tire plus de trente harengs. Quel régal ! Pas besoin de sel ni de sauge, il a vidé le premier panier. Et ce n'est pas fini, avant de partir, il lance encore son hameçon. Il attaque un autre panier, où il plonge aussitôt le museau. Il en retire trois chapelets[1] d'anguilles. Renart, qui n'est jamais à court d'idées, passe la tête et le cou dans les boucles qui tiennent les anguilles attachées, et il les dispose sur son dos. Le travail achevé, il peut maintenant quitter la charrette. Mais comment redescendre à terre ? Il n'y a pas le moindre marchepied. Il s'agenouille pour mieux calculer son saut puis, s'avançant un peu, il s'élance hors de la charrette, pattes en avant, pour atterrir sur le chemin, son butin autour du cou. Avant de se sauver, il crie aux marchands :

— Que Dieu vous protège ! Ces colliers d'anguilles sont à moi, vous pouvez garder le reste !

Les marchands n'en reviennent pas. Stupéfaits, ils s'écrient :

— Le goupil ! C'est le goupil !

Ils bondissent vers la charrette, où ils pensent capturer Renart, mais celui-ci ne les a pas attendus. Le premier marchand se retourne vers son compagnon :

— Nous nous sommes fait avoir, je crois ! Il fallait être vraiment stupides pour nous fier à Renart.

Tous deux se tordent les mains de douleur.

— Hélas ! Quelle perte nous avons faite ! Il a bien soulagé ces paniers : les voici presque vides.

---

1. Le *chapelet* est une sorte de collier de grains que l'on tient à la main pour réciter des prières. Les anguilles sont enfilées par la tête sur un lien, comme les grains d'un chapelet.

Ils crient à Renart :

— Espèce de fripouille ! Que ces anguilles te donnent la colique ! Qu'elles te fassent crever !

— Seigneurs, je n'ai pas envie de discuter. Vous pouvez dire ce que vous voulez, je garderai le silence.

Les marchands essaient de le poursuivre, mais ils ne le rattraperont pas de sitôt, car Renart file à travers un vallon, et il ne ralentira pas avant d'être parvenu à sa demeure. Ils abandonnent la partie et reviennent à leur charrette, fourbus et maudissant leur sottise.

4

Ysengrin se fait moine

Renart a l'habitude de se tirer des mauvais pas. Il est arrivé tout droit à son château où sa maisonnée l'attend, plongée dans une grande détresse : la famine les menace. Comme il passe la clôture, son épouse, la noble et courtoise Hermeline, vient à sa rencontre, suivie de ses deux fils, Percehaie et Malebranche. Renart s'avance à petits bonds joyeux, la panse bien pleine, le cœur en fête, avec les anguilles autour du cou. Il a bien soin cependant, à cause de ce butin, de refermer la porte derrière lui.

Le voici donc dans son donjon. Ses fils lui réservent bel accueil : ils lui nettoient et lui frottent soigneusement les jambes. Après cela, ils s'occupent des anguilles : ils les écorchent et les coupent en tronçons, puis ils confectionnent des brochettes avec des tiges de noisetiers sur lesquelles ils enfilent les morceaux. Le feu est vite allumé, car il y a une bonne provision de bois, et ils l'attisent en soufflant de toutes leurs forces. Quand les tisons sont devenus braise, ils posent dessus les brochettes.

Ils sont donc en train de faire rôtir les anguilles quand voici que survient messire Ysengrin. Il a parcouru le pays sans trêve depuis le matin, cherchant quelque chose à se mettre sous la dent. Les temps sont difficiles : il est tout amaigri et efflanqué à force de jeûner. Traversant une terre défrichée, il se dirige tout droit vers le château de Renart.

De la cuisine, où les fils de Renart font cuire les anguilles, se dégage un fumet inhabituel. Ysengrin se met à renifler et à se lécher les moustaches. Il irait bien leur donner un coup de main, si seulement ils voulaient lui ouvrir la porte. Il s'approche de la fenêtre pour voir de quoi il retourne. Comment entrer dans la maison ? Il serait prêt à supplier, à jurer amitié éternelle, mais il sait que Renart restera sourd à ses prières : il est ainsi fait.

Ysengrin s'est accroupi sur une souche : il a mal à la mâchoire, à force de bâiller de faim. Puis il se relève et court à droite, à gauche. Il regarde de tous côtés. Aucun plan pour se glisser à l'intérieur ne lui vient à l'esprit. En fin de compte, il se résout à supplier son compère de lui donner, pour l'amour de Dieu, un peu, ou même beaucoup, de son repas. Il l'appelle par une ouverture :

— Seigneur mon compère, ouvrez-moi la porte ! Je vous apporte de bonnes nouvelles : elles vous seront très agréables.

Renart l'entend et le reconnaît parfaitement. Mais il s'en moque bien, et fait la sourde oreille. Ysengrin n'en revient pas ; il est là, dehors, affamé, souffrant le martyre et bavant d'envie à l'idée des anguilles. Il insiste :

— Ouvrez, cher seigneur !

Renart rit dans sa barbe et répond :

— Qui êtes-vous ?

— C'est moi.

— Qui vous ?

— Votre compère, voyons.

— Ah bon ! Nous vous avions pris pour un voleur.

— Pas du tout, reprend Ysengrin. Ouvrez !

— Vous allez devoir patienter, répond Renart, jusqu'à ce que les moines qui sont à table aient fini leur repas.

— Comment ? Il y a donc des moines ici ?

— Non, ce sont en fait des chanoines[1], des chanoines de l'ordre de Tiron. Je suis entré dans leur ordre.

— *Nomini Damé*[2], dit le loup. C'est bien la vérité ?

— Oui, par Dieu.

— Dans ce cas, faites-moi donner l'hospitalité !

— Vous n'auriez droit à aucune nourriture.

— Il n'y a rien à manger ?

— Si, par ma foi. Mais laissez-moi vous poser une question : vous n'êtes pas venu pour mendier ?

— Pas du tout. Je voulais voir comment vous êtes installé.

— C'est impossible, coupe Renart.

— Et pourquoi donc ?

— Ce n'est pas le moment.

— Dites-moi, reprend le loup, mangez-vous de la viande ?

— De la viande ? Vous plaisantez !

— Et que mangent donc vos moines ?

— Je vais vous le dire sans détour : ils mangent des fromages tendres et de bons gros poissons. La

1. Les chanoines sont des religieux d'un rang assez élevé, formant le conseil de l'évêque.

2. *Nomini Damé* : forme populaire, plutôt comique, du latin *in nomine Domini* : « Au nom du Seigneur ».

règle de saint Benoît[1] nous interdit les aliments médiocres.

— Je ne m'en doutais pas, dit Ysengrin. En fait, je ne savais rien de tout cela. Mais, je vous en prie, faites-moi donner l'hospitalité ! Je ne sais où passer la nuit.

— L'hospitalité ? Mais c'est hors de question ! Personne, s'il n'est moine ou ermite, ne peut être logé ici. Passez votre chemin : inutile de discuter.

Ysengrin comprend bien que, quoi qu'il fasse, il n'entrera pas dans la maison de Renart. Que voulez-vous ? Il se fera une raison. Malgré tout, il revient à la charge :

— Le poisson, c'est bon, comme nourriture ? Offrez-m'en au moins un morceau, rien que pour goûter ! Bénies soient ces anguilles, si vous vous donnez la peine de les manger !

Renart est passé maître dans l'art de tromper son monde. Il prend deux tronçons d'anguilles en train de rôtir sur les braises : ils sont cuits à point, si bien que la chair s'émiette et se détache. Il en mange un et apporte l'autre à celui qui est posté devant la porte.

---

1. La vie des moines est fixée par une *règle monastique*, le plus souvent, au Moyen Âge, celle de saint Benoît. Ils se nourrissent de manière frugale, et ne mangent pas de viande, en général.

— Compère, approchez-vous et recevez la nourriture que vous donnent, par charité, ceux qui sont sûrs que vous serez moine un jour comme eux.

— Je ne sais pas encore très bien ce que je deviendrai, dit Ysengrin, mais c'est bien possible. Pour ce qui est de la nourriture, mon très cher maître, donnez-la-moi, et vivement !

Renart la lui tend, l'autre la prend et l'engloutit en un clin d'œil. Il en aurait mangé bien davantage.

— Qu'en pensez-vous ? lui demande Renart.

Le glouton frémit et tremble. Il brûle de convoitise.

— Le Ciel vous le rende, seigneur Renart ! Mais donnez-m'en encore un morceau, très cher compère, pour m'inciter à entrer dans votre ordre. J'en suis déjà tout alléché !

— Par ma foi, s'exclame Renart, si vous vouliez vous faire moine, je ferais de vous mon maître spirituel, car je suis sûr que les moines vous éliraient comme prieur ou abbé[1] avant la Pentecôte.

— Vous vous moquez de moi ?

— Nullement, cher seigneur. Je le jure sur ma tête, et sur les reliques de saint Félix, il n'y aurait dans l'église plus beau moine que vous.

— Et recevrai-je suffisamment de poisson pour

---

1. L'*abbé* et le *prieur* sont les supérieurs des moines d'un couvent.

retrouver mes forces, après ce jeûne qui m'a terrassé ?

— Autant que vous pourrez en manger ! Mais maintenant, il faut vous faire tonsurer[1], et raser votre barbe.

L'idée d'être tonsuré ne plaît guère à Ysengrin, qui se met à grogner. Mais il faut bien en passer par là !

— C'est décidé, compère. Dépêchez-vous de me raser !

— N'ayez crainte, répond Renart. Vous allez avoir une belle tonsure bien large. Juste le temps de faire chauffer l'eau.

Écoutez donc la bonne farce que lui a jouée Renart. Il a mis de l'eau sur le feu jusqu'à ce qu'elle soit bouillante, puis il est revenu vers Ysengrin et lui a fait passer la tête par le petit guichet de la porte. Le loup est un parfait imbécile, Renart le sait bien.

— Tendez bien votre cou, surtout ! lui ordonne-t-il.

L'autre obéit et le goupil lui renverse d'un seul coup toute l'eau bouillante sur la nuque. Quelle méchante bête, ce Renart !

Ysengrin se recule vivement, il secoue la tête en faisant une horrible grimace.

---

1. Les moines se font *tonsurer* : on leur rase complètement la tête, à l'exception d'une mince couronne de cheveux.

— Renart, crie-t-il, tu m'as tué ! Maudit sois-tu ! Elle est bien trop large, cette tonsure !

Renart lui tire une langue longue d'un demi-pied.

— Seigneur, vous n'êtes pas le seul à la porter ainsi. Tous les autres moines du couvent ont la même.

— Je crois que tu mens.

— Mais non, seigneur, ne vous déplaise. Pour la première nuit que vous passez ici, vous devez être mis à l'épreuve. C'est ce qu'ordonne la règle du saint ordre.

— C'est bon, je suis prêt à faire tout ce que l'ordre me commande. Vous auriez tort d'en douter.

Renart a reçu son serment : Ysengrin suivra en tous points ses conseils, et il ne lui fera aucun mal. Le goupil a si bien manœuvré que l'autre abruti a gobé toutes ses sornettes.

Mais c'est l'heure maintenant d'aller pêcher les bons poissons dont se nourrissent les moines. Passant par une brèche de l'enceinte, Renart rejoint Ysengrin, encore tout gémissant, et se plaignant d'avoir été tondu de si près : il ne lui reste plus ni cuir ni poil. Sans plus s'attarder, tous deux partent, Renart devant et le loup à sa suite ; ils arrivent au bord d'un vivier[1].

---

1. Pièce d'eau, souvent aménagée dans un étang, où l'on élève et conserve les poissons vivants.

5

La partie de pêche

C'était peu avant Noël, à l'époque où l'on met les jambons dans le sel. La nuit était claire et étoilée, et le vivier où Ysengrin devait pêcher était gelé à un tel point qu'on aurait pu y danser la farandole. Il y avait juste un trou, que les paysans avaient creusé dans la glace pour y mener boire chaque soir leur bétail. À côté du trou, ils avaient laissé un seau.

Renart arrive sur les lieux à vive allure, suivi d'Ysengrin, et s'adresse à son compère :

— Seigneur, venez voir ! C'est de là que viennent tous les poissons délectables dont nous nous nourrissons : anguilles, barbeaux et beaucoup d'autres.

Nous les pêchons avec l'instrument que vous voyez ici.

— Frère Renart, prenez donc ce seau, et attachez l'anse bien solidement à ma queue.

Renart prend le seau et le noue à la queue d'Ysengrin aussi solidement qu'il peut. Il avertit le loup :

— Maintenant, frère, il faut vous tenir bien sage, le temps de laisser venir les poissons.

Puis il file s'installer sous un buisson et reste là tapi, le museau entre les pattes. Comment l'aventure va-t-elle tourner pour Ysengrin ?

Le loup est assis sur la glace. Le seau, plongé dans l'eau, est maintenant rempli de glaçons à ras bord. L'eau commence à geler, emprisonnant le seau. Quant à la queue, elle est dans l'eau qui gèle, et bientôt scellée à la glace. Ysengrin cherche à se soulever en tirant le seau à lui, il s'y essaie de toutes les manières possibles, mais c'est peine perdue. Il commence à s'affoler. Que faire ? L'aube commence à percer, et bientôt il ne pourra plus échapper aux regards. Inquiet, désemparé, il se décide à appeler son compère. Renart lève la tête, ouvre les yeux et regarde autour de lui :

— Frère, c'est assez travaillé ! Allons-nous-en, très cher ami, nous avons pris assez de poisson.

— Renart, clame Ysengrin, il y en a trop ! J'en ai pris je ne sais combien.

Renart lui rit au nez :

— À vouloir tout gagner, on finit par tout perdre !

La nuit prend fin, l'aube paraît. Sous les rayons du soleil matinal, les chemins sont blancs de neige. Messire Martin des Granges, un châtelain très fortuné qui a sa demeure tout près de l'étang, s'est levé avec toute sa maisonnée. De fort bonne humeur, il fait seller son cheval, saisit un cor et appelle ses chiens. Tout ce monde se rassemble en poussant cris et clameurs.

Renart, entendant ce tapage, détale et va se réfugier dans sa tanière. Mais Ysengrin reste pris au piège. Il fait tous ses efforts et tire tant qu'il peut, à s'arracher la peau. S'il veut en sortir vivant, il lui faudra sacrifier sa queue.

Tandis qu'il se débat, voici que survient un serviteur au grand trot, menant en laisse deux lévriers. Il aperçoit le loup prisonnier des glaces, avec sa nuque pelée, et fonce vers lui en criant :

— Au loup, au loup ! À l'aide !

Entendant cet appel, les chasseurs, encore rassemblés autour de la maison, se précipitent et franchissent la haie avec leurs chiens. Voilà Ysengrin en fâcheuse posture ! Messire Martin arrive au grand galop, hurlant :

— Pied à terre ! Vite ! Lâchez les chiens !

Les valets détachent les chiens, et les braques assaillent le loup. On les excite à grands cris. Ysengrin, hérissé de tous ses poils, se défend du mieux qu'il peut : il mord les chiens de ses crocs. Que faire d'autre ? Il aurait cent fois préféré la paix ! Messire Martin met pied à terre et s'approche en marchant sur la glace. Il a tiré son épée pour le frapper par-derrière en ajustant bien son coup. Mais la lame glisse de travers, il manque sa cible et tombe à la renverse sur la glace, se blessant à la tête. Il se relève à grand-peine et repart, enflammé de colère, à l'assaut du loup. Quel combat terrible !

Messire Martin veut le frapper à la tête, mais le coup dévie et l'épée s'abat du côté de la queue, qu'elle coupe au ras du cul. Il ne l'a pas raté ! Ysengrin, délivré par ce coup, fait un bond de côté et prend la fuite, mordant l'un après l'autre les chiens qui lui collent aux fesses. Mais sa queue est restée en otage, quel chagrin ! Il en a le cœur brisé.

Il ne lui reste plus qu'à fuir jusqu'à une colline. Les chiens le harcèlent mais il se défend vaillamment. Arrivés au sommet, ses assaillants, fourbus, abandonnent la poursuite. Ysengrin en profite pour déguerpir, sans cesser d'être sur ses gardes, en direction de la forêt. Enfin à l'abri, il fait serment de se venger un jour de Renart : jamais plus il ne sera son ami !

6

Renart dans le puits

Personne au monde, aussi sage soit-il, n'est à l'abri de commettre une folie. Il arriva qu'un jour Renart eut à subir une fâcheuse mésaventure. Il était parti en quête de nourriture à l'autre bout du pays, le ventre creux, poussé par la disette.

Le voici qui traverse une prairie, puis un champ labouré, puis des taillis. Il est furieux de n'avoir rien pu trouver pour son souper. Rien ! Pas une trace de nourriture ! Il reprend alors sa course, et sort du bois où il s'était engagé. Il s'arrête, bâille et s'étire. Maigre et efflanqué, il se sent profondément abattu et gémit de détresse à cause de la faim qui le tenaille.

Mais à quoi bon s'attarder ici, où il n'y a rien à attraper ?

Renart reprend sa course, il s'engage sur un sentier sans ralentir l'allure. Soudain, il aperçoit un enclos, à proximité d'un champ d'avoine : c'est une abbaye de moines blancs, avec, tout à côté, une ferme. Cette ferme fait bien l'affaire de Renart : elle est solidement construite, avec de bons murs épais de pierre brune. Tout autour, un fossé aux rives escarpées : le bâtiment est fortifié, bien protégé contre les voleurs. C'est une ferme prospère et l'élevage y est florissant, car les bêtes ont largement de quoi manger. Elle renferme en quantité tout ce qui est du goût de Renart : poules et chapons bien engraissés !

Le goupil se dirige aussitôt de ce côté. Ses forces sont revenues, il bondit, impatient de livrer bataille : rien ne l'arrêtera sur la route qui mène aux chapons. Il arrive au fossé, tout excité à l'idée de faire du butin. Hélas ! Impossible d'atteindre les poules ! Il court en tous sens autour de la ferme, sans trouver pont, ni planche, ni ouverture où se glisser : il est désespéré.

Se risquant alors vers l'entrée, il se rend compte que le guichet de la porte est entrouvert. Le passage est libre : il s'y engouffre. Il prend d'énormes risques, car si les moines l'aperçoivent et comprennent son dessein, ils le lui feront payer cher. Ils pourraient bien le retenir en otage, et même pire, car ce sont des gens incroyablement cruels. Mais tant pis ! Advienne que pourra !

Renart s'avance dans l'enclos, tremblant d'être surpris. Arrivé près des poules, il tend l'oreille. Il est plus mort que vif, car il sait bien qu'il est en train de commettre une sottise. La peur d'être vu lui fait rebrousser chemin. Revenu dans la cour, il se met à réfléchir. Mais la faim cruelle qui le tourmente lui fait oublier sa prudence : même s'il doit le regretter, il faut qu'il aille livrer assaut aux poules !

Il pénètre donc dans la ferme par l'arrière, si discrètement que les poules ne remarquent rien. Elles sont là, immobiles, juchées sur une poutre. Elles l'ignorent encore, mais leur sort est scellé : elles sont condamnées à mort ! Renart, ce brigand sans foi ni loi, est monté sur une botte de paille pour mieux les attraper. Sentant bouger la paille, les poules sautent de la poutre pour aller se tapir dans un coin. Renart n'attendait que cela : il les a saisies l'une après l'autre là où elles s'étaient blotties, et les a très proprement étranglées. Il croque bruyamment deux d'entre elles, si goulûment qu'il s'en barbouille les moustaches. Quel délice ! Le voilà rassasié. La troisième, il l'emportera pour la faire cuire à la maison. Il sort donc de la ferme, la troisième poule dans la gueule. Mais arrivé à la porte, il est pris d'une soif terrible.

Il y avait un puits au milieu de la cour. Renart se précipite pour y boire. Mais là, déception : impossible d'atteindre l'eau ! Le puits est trop large et trop profond. Écoutez bien comment les choses se sont passées : dans le puits il y a deux seaux. L'un monte quand l'autre descend. Renart le malfaisant s'est appuyé sur la margelle, vexé et affligé. Soudain, il s'avise de regarder au fond du puits, et là, il aperçoit son reflet. « Mais c'est Hermeline, mon épouse bien-aimée ! » pense-t-il. Perplexe et mécontent, il l'interpelle avec rudesse :

— Dis-moi, que fais-tu là-dedans ?

La voix remonte du puits en écho. Renart dresse la tête en l'entendant. Il appelle Hermeline de plus belle. La voix surgit à nouveau des profondeurs. Renart est stupéfait. Il met les pattes dans un seau, et avant même d'avoir compris ce qui lui arrive, le voilà qui descend. Quelle terrible mésaventure !

Une fois tombé dans l'eau, il réalise son erreur. Il s'est mis dans un sale pétrin : le diable y est sûrement pour quelque chose ! Il s'accroche, tout trempé, à une pierre de la paroi. Quel supplice ! Ce serait le moment de pêcher à la ligne, mais cette idée ne le fait pas vraiment rire. Il se croyait plus intelligent !

7

Ysengrin dans le puits

C'est exactement à la même heure, durant la même nuit, que messire Ysengrin, poussé par une faim cruelle, a quitté la vaste lande en quête d'une proie. Mais la contrée manque terriblement de ressources, et le loup est de fort méchante humeur : « C'est le pays du diable, se dit-il. Pas la moindre parcelle comestible ! »

Dans cette détresse, le seul endroit intéressant, c'est l'abbaye. Ysengrin s'y rend au triple galop, puis ralentit l'allure quand il est en vue de la porte. Il se faufile par le guichet entrouvert et pénètre dans la cour. Sur son chemin, il aperçoit le puits où Renart le roux est en train de prendre du bon temps.

Le loup s'est penché sur la margelle. Dans les profondeurs du puits, il découvre son reflet. Le regardant attentivement, il commet la même erreur que Renart : il croit que c'est dame Hersent qui est logée à l'intérieur, et que Renart est avec elle. Vous pensez bien que cela ne lui fait pas plaisir !

— Malheur à moi ! s'écrie-t-il. Quel outrage ! Je suis déshonoré par ma propre femme : Renart le roux l'a enlevée et entraînée avec lui dans ce puits. L'infâme brigand, il ne respecte donc rien, pour séduire ainsi sa commère[1] ! Ah, si je pouvais l'attraper, j'en tirerais une vengeance si éclatante que je n'aurais plus rien à craindre de lui !

Il hurle alors de toutes ses forces à son reflet :

— Espèce de sale putain ! Je t'y prends, à fricoter avec Renart ! Oui, la preuve est faite : tu n'es qu'une misérable traînée.

Il hurle dans le puits et l'écho remonte vers lui. Renart a parfaitement entendu les clameurs d'Ysengrin, mais il ne souffle mot et le laisse s'époumoner à son aise. Puis il se décide à l'appeler :

— Au nom de Dieu, quelle est cette voix qui m'appelle ? Car c'est en ce lieu que j'ai ma résidence, maintenant.

---

1. Au Moyen Âge, l'Église considère le *compère* et la *commère*, parrain et marraine d'un même enfant, comme apparentés, et leur interdit donc relations sexuelles ou mariage.

— Mais qui es-tu ? demande Ysengrin.

— C'est moi, votre bon voisin, que vous appeliez votre compère. Nous nous chérissions comme des frères ! Mais maintenant, on m'appelle feu Renart, le grand maître ès ruses.

— Et depuis quand es-tu mort ?

— Depuis l'autre jour. Personne ne doit s'en étonner : tous ceux qui sont en vie mourront un jour, quand il plaira à Dieu. C'est notre lot commun à nous, pauvres humains. Maintenant, mon âme est entre les mains du Seigneur, qui m'a délivré des tourments de ce bas monde. Je vous en prie, mon cher compère, si je vous ai mécontenté l'autre jour, pardonnez-moi les torts que j'ai pu avoir envers vous.

— Je te l'accorde, répond Ysengrin. Que tout te soit pardonné, dans ce monde et dans l'autre ! Mais je suis bien chagriné de ta mort.

— Eh bien moi, j'en suis ravi.

— Ravi ?

— Oui, vraiment.

— Comment est-ce possible ? Dis-le-moi, cher compère.

— Parce que mon corps gît dans un cercueil, auprès d'Hermeline, dans notre tanière, alors que mon âme a été transportée au paradis, aux pieds de Jésus. Compère, je suis véritablement comblé. Toi, tu es dans le monde terrestre, moi je suis dans le royaume céleste. Au paradis, il y a des prés fertiles, des bois, des champs. On peut y voir de grands troupeaux, des vaches, des brebis, des chèvres en nombre considérable. Et je ne parle pas des oiseaux ni des lièvres !

— Par saint Sylvestre, s'exclame Ysengrin, ce séjour me plairait beaucoup !

— Abandonne cette idée ! Pas question pour toi d'y entrer. Le paradis est un royaume céleste, ce n'est pas un lieu public ouvert à tous. Toute ta vie, tu t'es montré fourbe, cruel et traître. Tu as conçu les pires soupçons au sujet de ta femme et de moi-même, et pourtant, par le Dieu tout-puissant, je ne lui ai pas manqué de respect : je n'ai jamais couché avec elle ! Tu prétends que j'ai traité tes fils de bâtards, mais je n'y ai même pas pensé un seul instant ! C'est la pure vérité, je le jure devant Dieu qui me créa.

— Je te crois, dit Ysengrin. Je te crois et te pardonne sans arrière-pensée. Mais je t'en prie, fais-moi entrer au paradis !

— N'y compte pas. Nous n'avons pas envie de querelles ici. Tu vois cette balance, là-bas ?

Écoutez bien ! Ce Renart a le diable au corps. Du doigt, il lui montre le seau. Il va lui faire croire qu'il s'agit de la balance où l'on pèse le bien et le mal[1].

1. Au Moyen Âge, pour représenter le Jugement dernier, auquel sont soumis les hommes après leur mort, on montre une grande balance qui sert à peser le bien et le mal qu'ils ont faits

— Voilà ce qui se passe quand un homme comparaît devant Dieu, notre père du Ciel. Lorsque le bien est suffisamment lourd, il l'entraîne ici, vers le bas, tandis que tout le mal reste là-haut. Mais personne ne peut descendre au paradis s'il ne s'est auparavant confessé[1]. L'as-tu fait ?

— Oui, à un vieux lièvre et à une chèvre barbue. Je me suis confessé très pieusement. Allons, compère, ne tarde plus, fais-moi entrer !

Mais Renart a tout son temps.

— Tu dois d'abord prier Dieu bien humblement, pour qu'il t'accorde son entier pardon et qu'il efface tes péchés. Alors seulement tu pourras entrer ici.

Ysengrin brûle d'impatience. Tournant son cul vers l'orient et sa tête vers l'occident, il se prosterne et se met à psalmodier[2] d'une voix profonde, en donnant toute sa voix. Renart, en bas, a pris place dans le seau. La malchance l'a mis en mauvaise posture, mais sa prodigieuse imagination va lui permettre de s'en tirer. Ysengrin ne va pas tarder à en faire les frais.

---

durant leur vie. Si le bien l'emporte sur le mal, ils peuvent aller au paradis.

1. *Se confesser*, c'est avouer ses fautes au prêtre, qui peut donner le pardon de Dieu. Il est important de se confesser avant de mourir, si l'on veut aller au paradis.

2. Chanter comme on chante les *psaumes* (chants d'église), de manière monotone.

— J'ai fini de dire mes prières, fait le loup.

— C'est bien, dit Renart. Mais quel miracle, Ysengrin ! Devant moi je vois brûler plus de cent cierges : c'est le signe que Jésus t'accorde son pardon.

Ysengrin, à ces mots, attire le seau à son niveau, sur la margelle, et saute dedans à pieds joints. Beaucoup plus lourd que Renart, il se met aussitôt à descendre. Écoutez donc leur conversation, quand ils se croisent à mi-hauteur ! Ysengrin interpelle Renart :

— Eh, compère, pourquoi t'en vas-tu ?

— Ne fais pas cette tête, va ! C'est la coutume ici : quand l'un arrive, l'autre s'en va. Moi, je vais là-haut au paradis, et toi, tu files en enfer en bas. Je suis enfin sorti des griffes du Diable, et tu vas rejoindre le royaume des démons.

Renart a mis pied à terre ; très content de sa ruse, il a retrouvé toute sa bonne humeur. Ysengrin, lui, est dans de sales draps !

Écoutez donc maintenant ce qui était arrivé aux moines. Les fèves qu'ils avaient mangées à leur dîner étaient germées et trop salées, ce qui leur avait donné grand soif. Or, les serviteurs, plutôt paresseux, n'avaient pas puisé assez d'eau. Au matin, la première chose dont se soucia le cuisinier fut donc d'aller au puits.

Il s'y rend avec trois compagnons et un âne espagnol. Arrivés là, ils attachent l'âne à la corde passée dans la poulie. La malheureuse bête ne ménage pas ses efforts, mais en vain. Les moines le menacent sans plus de résultat.

Le loup, en bas, est dans une situation périlleuse. Il se glisse dans le seau, car c'est le seul moyen de sortir du puits, mais il n'en mène pas large ! L'âne, quant à lui, souffre le martyre : il ne peut ni avancer ni reculer. Les coups pleuvent sur lui, mais rien n'y fait.

C'est alors qu'un des moines a l'idée de se pencher sur la margelle du puits pour regarder à l'intérieur. Il voit Ysengrin.

— Au nom de Dieu, que faites-vous ? lance-t-il aux autres. C'est un loup que vous êtes en train de hisser !

C'est la panique : tous se précipitent vers la maison au triple galop, non sans avoir bloqué la poulie. Les frères appellent les convers. L'affaire tourne très mal pour Ysengrin. L'abbé saisit un gourdin énorme et noueux, et le prieur un chandelier. Tous les moines s'arment, qui d'un bâton, qui d'un épieu. Suivis par les chiens de l'abbaye, ils sortent des bâtiments et se mettent en marche vers le puits, résolus à livrer bataille.

À nouveau, les moines font tirer l'âne et lui prêtent main-forte pour hisser le seau jusqu'à la margelle. Ysengrin apparaît. Pas question de s'attarder en négociations de paix ! Le loup bondit désespérément pour prendre la fuite.

Mais les mâtins s'élancent à sa poursuite, déchirant sa fourrure : on voit voler les touffes de poils ! Les moines le rattrapent pour le rouer de coups. Un coup plus féroce que les autres lui brise l'échine. Ysengrin n'est pas à la fête ! À quatre reprises il s'évanouit de douleur. Il finit par se coucher sur le bord du chemin, où il fait le mort.

C'est alors qu'intervient le prieur (qu'il soit maudit de Dieu, cet homme cruel !) Il saisit son couteau et s'apprête à prendre la peau du loup. Le voilà prêt à l'égorger, quand l'abbé s'écrie :

— Arrêtez ! Cette peau est complètement en lambeaux. Les dommages sont irréparables, et elle ne peut plus servir à rien. Ce loup n'attaquera plus personne désormais, la région en est délivrée. Laissons donc cela, et retournons sur nos pas.

Ysengrin ne bougerait pas pour un empire. Chaque moine a repris son pieu pour rentrer dans le couvent. Quand Ysengrin voit qu'il n'y a plus personne, il prend la fuite dans d'atroces souffrances, car il a les reins brisés. Il se traîne à l'abri d'un fourré, mais ne peut aller plus loin. Il reste là, sans forces, car il a été trop malmené.

C'est alors qu'il voit passer son fils, qui lui demande aussitôt :

— Cher père, qui vous a mis dans cet état ?

— Ah, mon fils, c'est l'œuvre de Renart, ce traître ! Au nom de Dieu qui jamais ne mentit, il m'a fait tomber dans un puits. Je ne pense pas que je ne m'en remettrai un jour.

Son fils entre dans une violente colère :

— Par Dieu, jure-t-il, si je peux tenir Renart entre mes mains, je lui ferai regretter sa méchanceté. Si je l'attrape, il n'en réchappera pas. Sous mes yeux, il a couché avec ma mère. Il m'a battu, ainsi que mon frère. Je vais lui rendre la monnaie de sa pièce, car il mérite la mort.

Ysengrin a regagné sa tanière, où il fait venir les médecins. Ils l'ont si bien soigné, si bien nourri de gibier, qu'il a finalement repris des forces. Ysengrin est à nouveau en pleine forme : si messire Renart franchit ses frontières, il trouvera à qui parler !

Troisième partie

LE JUGEMENT DE RENART

1

La plainte d'Ysengrin

C'était à l'époque de Pâques. Ysengrin menait une vie tranquille dans sa tanière, mais son esprit était tourmenté : il réfléchissait à sa situation.

Quelle humiliation il a dû subir : Renart l'a bel et bien cocufié ! Il ne cesse de remâcher ses griefs contre sa femme. Sortant de sa demeure, il la voit sur le chemin. La rage le prend alors : il se précipite sur elle, la bourre de coups de pied et lui adresse une bordée d'injures, comme s'il avait bu :

— Tiens, voilà pour toi, misérable putain, sale traînée, espèce d'allumeuse ! hurle-t-il. J'ai bien vu ton manège ; j'ai vu Renard accroupi sur ton dos. Tu ne peux pas dire le contraire : il m'a bien cocufié !

Hersent est folle de colère devant les accusations d'Ysengrin. Malgré tout, elle lui répond posément, lui faisant en détail le récit de sa mésaventure.

— C'est vrai, messire, conclut-elle, il a abusé de moi. Mais je ne suis pas coupable pour autant, car il m'a fait violence. Laissez tomber cette fâcheuse affaire : ce qui est fait est fait, il vaudrait mieux penser à autre chose. Si nous voulons laver cette offense, ce n'est pas en nous disputant que nous y parviendrons. À la cour du roi Noble, le lion, on peut plaider et régler par un jugement les querelles, et même les guerres mortelles. Allons-y, et portons plainte contre Renart. Il devra réparer son crime, peut-être par l'épreuve du duel judiciaire[1].

Ces paroles calment la colère d'Ysengrin.

— Oui, reconnaît-il, j'ai eu tort de gronder. J'étais fou de m'irriter ainsi, car je ne savais pas toute l'affaire. Mais je vais suivre ton conseil : si je peux le faire comparaître devant la cour du roi, Renart payera pour ses outrages.

Sur ces paroles, ils prennent la route pour se ren-

---

1. Le *duel judiciaire* oppose, sous les yeux du tribunal, l'accusé et son accusateur. On pense que Dieu accorde la victoire à celui qui est dans son bon droit : c'est une forme de jugement de Dieu.

dre tout droit à la cour. Je crois que maintenant Ysengrin ne va pas lâcher Renart d'une semelle, avant qu'il ne soit parvenu à ses fins : le faire comparaître.

Les qualités du loup étaient reconnues à la cour : vassal courageux et fidèle, il parlait plusieurs langues, et le roi l'avait nommé connétable de sa maison et de sa table. Ysengrin et dame Hersent arrivent donc au palais, où le roi tient son assemblée plénière. Les animaux de toute espèce sont réunis, faibles et forts, grands et petits, tous vassaux du roi. Celui-ci est assis sur un trône somptueux, comme il sied à la majesté royale. Ses proches se tiennent en cercle tout autour de lui, dans un silence respectueux.

Le seigneur Ysengrin s'avance avec sa compagne, pour prendre la parole. Il commence par pousser un profond soupir.

— Seigneur roi, personne ne respecte plus la justice. La vérité est tournée en dérision, la parole donnée est violée. Vous avez fait proclamer solennellement que les lois du mariage étaient sacrées : nul ne peut les rompre ou les briser. Renart a si peu d'estime pour vous qu'il se moque de votre proclamation. Il ne songe qu'à semer le mal : il m'a déshonoré en la personne de ma femme. Mariage, parenté, cousinage : il ne respecte rien. Il est pire que tout ce que je peux dire de lui. Ne croyez pas, ô mon noble seigneur, que je cherche à le calomnier ou à le discréditer. Tout est vrai ! Hersent, que voici, peut en témoigner.

— Oui, seigneur, dit-elle, c'est la pure vérité ! À l'époque où j'étais encore jeune fille, Renart était amoureux de moi et me poursuivait de ses assiduités. Mais je l'ai toujours évité, et je n'ai cédé à aucune de ses prières. Quand je fus mariée, il me requit d'amour avec encore plus d'insistance, mais j'ai continué à ignorer ses avances et il n'a pu me surprendre, jusqu'à l'autre jour. La malchance a voulu que je me retrouve coincée dans son terrier, car je suis un peu grassouillette. Il en a profité pour sortir par une autre porte et venir par-derrière abuser de moi. Il l'a fait tout à loisir, et sous les yeux mêmes d'Ysengrin ! Mon mari fut témoin de la scène, fou de douleur. C'est ainsi que j'ai été couverte de honte.

— Telle est la vérité, seigneur, reprend Ysengrin. J'ai pris Renart sur le fait. Que pensez-vous de ce crime ? N'a-t-il pas, ce jour-là, bafoué la morale et le droit ? Je porte plainte auprès de vous. Rendez-nous justice devant tous vos barons, pour les crimes dont nous l'accusons. Premier en date de ses méfaits : j'accuse le seigneur Renart d'être allé chercher querelle, dans ma tanière, à mes louveteaux.

Après s'être emparé de leur nourriture, il les a battus et les a traités de bâtards. Puis il a ajouté que leur père était cocu, puisqu'il avait couché avec leur mère. Ce n'était qu'un tissu de mensonges, mais il n'a jamais raté une occasion de me couvrir de honte. L'autre jour, j'étais allé à la chasse en compagnie d'Hersent. C'est là qu'il a commis son second méfait : la malheureuse aventure que je vous ai racontée. Je les ai surpris alors qu'il était sur elle, et comme je le blâmais, il m'a proposé de s'en justifier par serment, partout où je voudrais. Voilà où nous en sommes, seigneur. Rendez-moi justice et accordez-moi une prompte réparation de ce crime et des dommages subis, avant qu'un autre plaisantin ne se mette en tête de l'imiter.

Ysengrin a exposé ses griefs. Le roi lève la tête, un léger sourire aux lèvres.

— Avez-vous quelque chose à ajouter ? demande-t-il.

— Non, seigneur. Et je suis bien fâché d'avoir dû ébruiter une affaire qui me couvre de honte.

— Hersent, dit le roi, répondez-moi. Vous vous êtes plainte ici que Renart vous ait aimée. Mais vous, vous est-il arrivé de l'aimer ?

— Moi ? Oh non, seigneur !

— Alors, dites-moi, comment avez-vous été assez sotte pour vous rendre toute seule dans sa maison, si vous n'étiez pas son amie ?

— Pardonnez-moi, seigneur, mais cela ne s'est pas du tout passé ainsi. Si vous voulez bien, il serait préférable de dire – et c'est ce que j'ai mentionné dans ma déposition – que le connétable mon mari était avec moi, lorsque j'ai subi cet outrage.

— Il était avec vous ?

— Oui, je vous l'assure.

— Grand Dieu, qui pourrait croire que Renart soit parvenu à vous violer en présence de votre mari ?

Ysengrin se lève à ces mots.

— Seigneur, vous ne devez prendre parti ni pour lui ni pour moi, mais instruire l'affaire en toute impartialité. Pour moi, je vous certifie en loyal vassal que, si Renart était présent ici, je ferais la preuve qu'il a couché de force avec Hersent ; je l'ai vu de mes propres yeux.

Le roi est trop courtois pour tolérer qu'à sa cour on maltraite quelqu'un pour une histoire d'amour. Et puis, est-on bien sûr que Renart ait commis ce crime ? Il le laverait volontiers de l'accusation de messire Ysengrin. Mais il voit que le loup est prêt à ergoter, aussi, il va essayer d'arranger les choses.

— Il faut tenir compte du fait que Renart aimait dame Hersent : cet amour atténue grandement sa faute. Il ne manque ni de vaillance ni de courtoisie.

Pourtant, il doit être traité selon les lois en usage à ma cour. Nobles seigneurs de ma maison, préparez-vous à examiner son cas.

Auprès du roi se tient le chameau, fort apprécié à la cour. Il est venu de Lombardie pour apporter au roi Noble le tribut de Constantinople. Le pape l'a chargé de cette mission, car c'est son légat et son ami. C'est en outre un excellent juriste, renommé pour sa sagesse. Le roi se tourne vers lui avec déférence :

— Maître, si vous avez déjà entendu, dans un pays étranger, une affaire semblable à celle-ci, veuillez nous dire quel jugement il nous faut rendre.

— *Quare*, messire, *me audite !* Nous trouvons en Décret la rubrique publicate de violation de matrimoine. *Primo* tu dois l'accusé examinar. S'il ne peut justificar, grevar le peux comme te plaît, car il a grande chose méfaite. *Haec* est la mienne sentence : si ne veut amendar de *tota sua fortuna*, fais lapidar ou brular le corps de ce diable de la Renarde[1] !

Certains barons sont fort contents de ce discours, d'autres en colère. Le lion a redressé la tête :

---

1. Tout ce passage est écrit dans un jargon italien-latin-français. C'est une parodie irrespectueuse du discours franco-italien du cardinal Pierre de Pavie, alors *légat* (envoyé spécial) du pape.

— Allez, vous qui êtes réunis ici, les plus nobles et les plus puissants des animaux. Vous avez à vous prononcer sur ce cas : celui qui agit sous l'emprise de la passion, doit-on le condamner pour avoir cocufié son compagnon ?

Tous se lèvent et quittent la tente royale pour aller délibérer.

2

Le tribunal des animaux

Ils sont plus de cent à se rassembler. Parmi eux, messire Brichemer, le cerf, outré des tromperies dont Ysengrin a été victime, et Brun l'ours, qui ne cache pas son intention de nuire à Renart. Mais Grimbert le blaireau est décidé à défendre son cousin : il s'est fait accompagner du sanglier Baucent, qui ne s'écarterait du droit pour rien au monde. Quant à Tibert le chat, s'il n'aime guère Renart, il déteste plus encore le loup.

Les voilà réunis en conseil ; le cerf parle le premier :

— Seigneurs, écoutez-moi ! Vous avez entendu par la bouche d'Ysengrin, notre ami et notre cousin, l'accusation portée contre Renart. Mais nous avons coutume, dans cette cour, de demander à tout plaignant de produire le témoignage d'un tiers, quand il se dit victime d'un méfait. Sinon, n'importe qui pourrait, quand il lui chante, déposer plainte à la légère et causer ainsi du tort à son voisin. Revenons au cas du loup : il tient sa femme sous sa coupe, et peut lui faire dire et taire ce qu'il veut, voire mentir délibérément. On ne peut parler d'un témoin : il lui en faut trouver d'autres.

— Par Dieu, seigneurs, déclare Brun, je vais vous donner mon avis, puisque je fais partie des juges. Le seigneur Ysengrin est connétable et mérite la confiance de la cour. S'il avait été un faussaire, un traître ou un voleur, sa femme n'aurait pu lui servir de garant. Mais Ysengrin jouit d'une telle réputation qu'on peut lui accorder un total crédit, même si son unique témoin est sa femme.

— Ma foi, c'est vrai, intervient Baucent, mais on pourrait objecter ceci : quand deux parties s'opposent dans un procès, comment décider laquelle est la meilleure ou la pire des deux ? Chacun a ses préférences : si vous dites qu'Ysengrin est le meilleur, un autre soutiendra que Renart n'est pas moins digne d'estime. Chacun est persuadé de sa propre sagesse. C'est pourquoi je conclus qu'on ne peut se ranger à votre avis, seigneur Brun. Où irait-on, si n'importe qui pouvait se plaindre en s'appuyant sur le témoignage de sa femme ? Il serait trop facile de dire : « Vous me devez cent sous ! » sans en apporter la moindre preuve : bien des gens honnêtes s'y feraient prendre. Je me tiens donc à l'avis du seigneur Brichemer : il s'est exprimé avec loyauté et sagesse.

Le daim Plateau prend alors la parole :

— Seigneurs, je vous ferai observer que la plainte porte également sur un autre point. Le seigneur Ysengrin réclame réparation pour les provisions dont Renart s'est emparé comme un brigand dans sa maison. Réparation aussi pour avoir battu ses enfants et pour les avoir traités de bâtards. Tous ces outrages demandent réparation. Si messire Renart peut se tirer d'affaire sans dommage, il ne tardera pas à recommencer.

— C'est la pure vérité, approuve Brun. Honte à celui qui permettra à Renart de déshonorer un honnête homme et de lui dérober ses biens sans que sa victime reçoive réparation ! Quel coup de maître, sinon, pour Renart ! Ce serait pure folie si le roi ne vengeait son vassal, déshonoré et outragé par ce vaurien. Malgré le respect que je lui dois, mon seigneur a eu tort de prendre les choses à la légère et de contredire Ysengrin au profit d'une canaille, d'un lèche-bottes. Je pourrais raconter plus d'un méfait dont Renart le rouquin s'est rendu coupable à mon égard, sans parler de tous ceux qu'il a commis contre Tiécelin le corbeau, ou Tibert le chat. Mais aujourd'hui, c'est la plainte de messire Ysengrin qui nous occupe : il faut prendre une décision, car nous n'avons été que trop indulgents avec lui.

— Seigneur Brun, rétorque Baucent, vous arrivez trop vite à la conclusion de ce procès. L'instruction de la plainte n'a même pas été achevée ! Bien sage serait le juge qui pourrait statuer sur une affaire sans avoir écouté la partie adverse ! Nous avons entendu l'accusation, eh bien, maintenant nous devons connaître la défense de Renart. La sentence finale ne pourra venir qu'après. Rome ne s'est pas faite en un jour. Mon but n'est pas de protéger Renart, mais une confrontation des deux parties est nécessaire : une fois Renart présent à la cour, nous examinerons la plainte déposée par Ysengrin. Alors seulement nous pourrons décider de la sanction à infliger au coupable. Voilà ce que j'appelle un jugement en règle.

Le singe Cointereau croit bon d'ajouter :

— Et malheur à votre tête, seigneur Brun, si vous ne dites pas la vérité !

— Êtes-vous assez fou pour vous ranger du côté de Renart ? Ah, vraiment, tous les deux, vous êtes très forts ! Cette canaille s'est déjà tirée de bien des mauvaises affaires, et il va se tirer encore de celle-ci, si l'on vous fait confiance !

Le singe lui fait une grimace, sans se soucier de l'irriter :

— C'est bien dit, mon maître ! Et quel serait votre jugement ?

— Mon jugement ! Il n'est pas de cour au monde où je manquerais de proclamer que tout le mal vient de Renart, et qu'Ysengrin l'accuse à bon droit. Pourquoi attendre davantage ? La cause est entendue, puisqu'il a été pris en flagrant délit d'adultère avec sa commère. Tous deux, Ysengrin et Hersent, témoignent contre lui. Ce qu'il faudrait maintenant, c'est attraper Renart, le ligoter et le jeter pieds et poings liés au fin fond d'un cachot. S'il viole la femme d'autrui, il faut le punir, le fouetter et le châtrer, afin qu'il ne puisse plus nuire. Car enfin, il ne s'agit pas d'une femme légère ou d'une prostituée, mais d'une femme mariée ! Une épouse, toute éplorée et honteuse que son mari le sache ! Qui pourrait penser qu'Ysengrin soit assez sot pour intenter ce procès, s'il ne l'avait vu de ses yeux ? Hersent a confirmé son témoignage, et sa honte sera à son comble s'il n'obtient pas réparation. On pourra bien dire que justice est morte !

— Je ne suis pas de votre avis, intervient Grimbert le blaireau. Il s'agit d'un homme de bien, et d'une faute dont l'amour est la cause. Hersent elle-même a avoué qu'il l'a toujours courtisée. À tout pécheur miséricorde ! Si Renart a mal agi, il nous faut rechercher un accord : une grande guerre peut laisser la place à une grande paix. D'autre part, sa culpabilité n'est pas établie, et les choses peuvent encore tourner différemment. On vous a laissé parler à votre aise, seigneur Brun, mais vous avez perdu une bonne occasion de vous taire.

Brichemer n'est pas bavard ni chicaneur comme les autres.

— Seigneurs, dit-il, il est temps de rendre compte au roi de nos délibérations. Il lui faudra fixer un jour pour que Renart comparaisse devant la cour. Il prêtera serment et, s'il est convaincu d'un méfait, il accordera réparation au seigneur Ysengrin.

Le conseil est terminé et les animaux reviennent, fort contents d'eux, tenir assemblée plénière avec le roi. Quand ils sont installés, Brichemer prend la parole. En bon maître de rhétorique[1], il a prononcé un discours bien construit :

— Seigneurs, écoutez-moi avec attention, et si je me trompe, corrigez-moi. Nous avons examiné l'accusation d'Ysengrin, le premier à porter plainte, et nous sommes décidés à lui rendre une justice pleine et entière. Mais s'il veut faire la preuve de son bon droit, il lui faudra produire, le jour dit, un témoin qui garantisse la vérité de son accusation. Les déclarations de sa femme ne peuvent lui être utiles sur ce point. Brun et Baucent en ont longuement discuté, mais ceux qui ont assisté au débat ont fina-

1. La *rhétorique* est la science du discours.

lement partagé mon avis. Ensuite, nous avons jugé qu'il était indispensable de faire venir Renart en présence de la cour, pour qu'il puisse présenter sa défense contre les accusations qui ont été portées contre lui.

Le roi a écouté l'avis de son conseil. Mais au fond de lui-même, il préférerait que l'affaire puisse se régler sans procès, car plus que tout il veut voir la paix régner entre ses vassaux. Il tente donc d'apaiser le loup :

— Seigneur Ysengrin, renoncez à votre plainte ! Vous n'avez rien à y gagner, sinon augmenter votre honte. Par les temps qui courent, bien des rois et bien des comtes sont faits cocus. Je n'ai jamais vu tant de fureur se déployer pour un dommage aussi mince. Quand il s'agit d'une affaire de ce genre, le mieux est de ne jamais en parler.

Ce discours ne plaît guère à Brun, qui s'indigne :

— Très cher seigneur, vous pourriez parler avec plus de sagesse. Ysengrin est-il incapable de tirer vengeance de Renart, si celui-ci a commis un crime contre lui ? Certainement pas. Il est si puissant que le goupil passerait un mauvais quart d'heure, s'il lui tombait sous la main. Seule le retient votre interdiction : vous avez imposé la paix entre vos barons. Mais dans ce cas, puisqu'il y a plainte de la part d'Ysengrin, vous devez procéder à un jugement, et contraindre

Renart à faire réparation, s'il est reconnu coupable. C'est la seule solution.

Bruyant le taureau ne peut retenir sa colère :

— Malheur à celui qui parle de réparation, quand il s'agit de déshonneur et de viol ! Renart est coupable de tant de crimes, il a humilié tant de bêtes, que personne ne doit prendre sa défense. Comment, Ysengrin est obligé d'engager un procès alors que les faits sont manifestes et connus de tous ? Pour ma part, je peux vous jurer que si ce scélérat avait eu ma femme entre ses pattes et l'avait possédée de force, rien n'aurait pu empêcher que je le châtre ! Il aurait fini sa vie en bouillie sur un tas de fumier.

Si ces excès déplaisent au roi Noble, ils sont du goût d'Ysengrin, qui trouve qu'on tarde bien à lui rendre justice.

— Avant le temps des vendanges, affirme-t-il, je suis prêt à livrer à Renart une guerre à outrance. Ni frère, ni sœur, ni forteresse, si bien défendue soit-elle, ne pourront le protéger !

C'en est trop pour le roi Noble, qui laisse éclater sa colère :

— Par tous les diables, seigneur Ysengrin, je ne veux pas entendre parler de guerre ! Qu'avez-vous à y gagner ? Croyez-vous pouvoir abattre Renart ? Par saint Léonard, je connais les ruses du goupil : il vous causera plus de dommages, de honte et de tourments que vous ne pourrez jamais lui infliger. De plus, je vous rappelle que la paix dans mon royaume a été proclamée : il pourrait en cuire à celui qui l'enfreindra.

Ysengrin comprend que Noble est décidé à maintenir la paix. Il se renfrogne et va s'asseoir, déconfit, la queue entre les jambes. Que faire ? À quoi se résoudre ? Ce sacripant de Renart va se tirer d'affaire, car, malgré les mécontents, le roi va imposer une réconciliation.

La guerre allait peut-être prendre fin entre Renart et Ysengrin, quand un tumulte éclate à l'entrée de la salle : c'est messire Chantecler le coq, accompagné de Pinte et de trois autres poules.

3

Coupée, la poule martyre

Messire Chantecler fait son entrée en compagnie de Pinte, la poule qui pond les plus gros œufs. Noire, Blanche et Roussette les suivent, menant une charrette fermée par des rideaux. À l'intérieur repose une poule, sur une litière arrangée en cercueil. Renart l'a tellement malmenée et déchiquetée de ses dents, qu'il lui a brisé la cuisse et arraché une aile.

Le roi Noble, lassé par les débats, allait finalement lever la séance quand arrive le cortège funèbre. Chantecler et les poules s'avancent vers lui, se tordant les mains de douleur. Pinte est leur porte-parole, et les autres la soutiennent en poussant des cris perçants :

— Au nom de Dieu, noble roi, et vous nobles bêtes rassemblées en ce lieu, venez en aide à une malheureuse désemparée ! Maudite soit l'heure de ma naissance ! Mort, emporte-moi promptement, puisque Renart ne veut pas que je vive ! J'avais cinq frères, du même père que moi, ils ont tous péri sous la dent de ce misérable Renart. Quelle perte cruelle ! Quelle douleur sans pareille ! Et mes cinq sœurs, cinq poulettes vierges, de pures jeunes filles ! Constant des Noues les nourrissait, il les gavait pour qu'elles pondent de gros œufs. Le pauvre ! À quoi bon les avoir engraissées, puisque sur les cinq, une seule est demeurée en vie ? Toutes les autres sont passées par le gosier de Renart. Et vous, ma chère sœur qui gisez dans ce cercueil, ma douce amie, comme vous étiez tendre et dodue ! Que fera désormais votre infortunée sœur, pourra-t-elle encore vivre sans plus jamais vous voir ? Maudit Renart, puisses-tu aller rôtir en enfer ! Combien de fois nous as-tu harcelées, poursuivies, maltraitées, déchirant nos pelisses et nous traquant jusqu'aux palissades ! Hier matin, devant la porte, il m'a jeté le cadavre de ma sœur, pour s'enfuir par le vallon. Il aurait fallu un cheval rapide pour le prendre en chasse, et Constant était à pied : il n'a rien pu faire. Je voulais porter plainte contre Renart, mais qui me rendra justice ? Renart se soucie comme d'une guigne des menaces et de la colère d'autrui.

À ces mots, la malheureuse Pinte tombe évanouie

sur le pavé, suivie de toutes les autres poules. Le chien, le loup et d'autres bêtes se lèvent de leurs escabeaux pour se porter au secours des quatre dames : ils leur aspergent la tête d'eau.

Lorsque les poules reprennent connaissance, elles courent se jeter aux pieds de Noble, assis sur son trône. Quant à Chantecler, il s'agenouille et baigne de ses larmes les pieds du roi. Celui-ci est saisi de pitié à la vue de ce jeune seigneur si affligé. Il pousse un profond soupir, puis la colère lui fait dresser la tête. Tous les animaux, aussi hardis soient-ils, tremblent en entendant leur suzerain soupirer et rugir. Le lièvre Couart est pris de terreur : il en aura la fièvre pendant deux jours ! Toute la cour frémit, sans exception. Le lion, en proie au courroux, redresse la queue et s'en frappe les flancs avec une telle violence que sa demeure en résonne. Quand il parle, sa voix est rauque de colère :

— Dame Pinte, par l'âme de mon père, je suis profondément affligé de votre malheur, et je désire y porter remède. Je vais convoquer Renart, et vous pourrez voir de vos yeux et entendre de vos oreilles combien ma vengeance sera terrible. Je veux le châtier de façon exemplaire pour cet homicide et pour son orgueil.

À peine le roi a-t-il fini de parler qu'Ysengrin bondit sur ses pieds :

— Seigneur, voilà qui est agir en homme sage !

On chantera partout vos louanges si vous parvenez à venger Pinte et sa sœur, dame Coupée, que Renart a si sauvagement mutilée. Ce n'est pas la haine qui me fait parler : j'ai sincèrement pitié de cette pauvre jeune fille qu'il a tuée. Mes griefs personnels n'y sont pour rien.

— Mon ami, répond le roi, la conduite de Renart m'a profondément chagriné, et ce n'est pas la première fois. Devant vous tous, familiers et étrangers à ma cour, je porte solennellement accusation contre Renart aux motifs d'adultère, de lèse-majesté et de rébellion, pour avoir violé la paix que j'avais proclamée.

Ces paroles font grand effet sur l'assistance. Le roi reprend :

— Passons maintenant à autre chose. Vous, Brun l'ours, prenez votre étole[1], il est temps de prier pour l'âme de la défunte. Et vous, seigneur Bruyant le taureau, creusez-moi une tombe dans le champ, là-bas !

— À vos ordres, seigneur, répond Brun.

Il va prendre l'étole et tout le nécessaire pour l'office des morts. Il dirige la cérémonie et le roi, avec tous les courtisans, lui répond. Le seigneur Tardif le limaçon lit les trois leçons, et le chien Roenel

1. L'*étole* est une sorte d'écharpe que met le prêtre pour dire la messe ou d'autres offices : ici des funérailles.

alterne avec Brichemer le cerf pour chanter les versets[1].

Quand l'office est terminé, ils ont porté le corps en terre, après l'avoir placé dans un superbe cercueil de plomb. Ils l'ont enfoui à l'ombre d'un arbre et ont recouvert la tombe d'une dalle de marbre où l'on a gravé cette épitaphe :

SOUS CET ARBRE, EN CETTE PLAINE
GÎT COUPÉE, LA SŒUR DE PINTE
RENART, QUI CHAQUE JOUR DEVIENT PIRE,
DE SES DENTS LUI INFLIGEA CE MARTYRE

Ah, si vous aviez vu alors Pinte pleurer, maudire Renart et le vouer à l'enfer, et Chantecler tendre les pattes vers le ciel ! Le cœur le plus endurci aurait été saisi de pitié.

Quand le chagrin s'est un peu apaisé, les barons disent au roi :

— Seigneur, vengez-nous maintenant de ce brigand, qui nous a tant trompés, et qui a si souvent violé la paix.

— Je le ferai très volontiers, dit le roi. Brun, mon très cher ami, allez le chercher en mon nom : ainsi,

1. Les *leçons* sont des textes tirés de l'Écriture sainte. Les *versets* sont les plus petits fragments d'un texte religieux.

vous n'aurez rien à craindre de lui. Dites-lui de ma part que je l'attends d'ici trois jours.

— J'irai avec plaisir, répond Brun.

Sans perdre un seul instant, il part, longeant les champs. Mais pendant son voyage, un événement va survenir, qui n'arrangera pas les affaires de Renart : sa victime, la malheureuse Coupée, va devenir une véritable sainte aux yeux des animaux.

Messire Couart le lièvre, rendu malade par la peur, souffrait de fièvre depuis deux jours. Après l'enterrement, il s'était couché sur la tombe de dame Coupée, la martyre, et n'avait pas voulu en bouger. Et voilà que maintenant, par la grâce de Dieu, le lièvre est guéri !

Ysengrin entend parler de ce miracle opéré par la martyre[1]. Aussitôt, il prétend souffrir de l'oreille et, sur les conseils de Roenel, va se coucher sur la tombe de la sainte. Le lendemain, il proclame qu'il est guéri.

La cour ne sait pas trop si c'est vérité ou supercherie, mais il s'agit d'une croyance sainte, dont on n'a pas le droit de douter. On décide finalement de le croire, sur le témoignage de Roenel.

---

1. Pour que l'Église catholique déclare que quelqu'un est un saint (canonisation), il faut qu'il réalise au moins deux miracles après sa mort.

Certains se réjouissent de cette affaire, mais d'autres en sont fâchés : Grimbert le blaireau et Tibert le chat, défenseurs et partisans de Renart. Si le goupil ne fait preuve de beaucoup d'astuce, il va passer un mauvais quart d'heure.

4

Un messager trop gourmand

Brun a suivi un sentier qui traverse le bois, et le voilà arrivé à Maupertuis, la forteresse de Renart au cœur de la forêt. Il est si corpulent qu'il est obligé de rester dehors, devant la barbacane[1].

Renart s'est retiré au fond de sa tanière pour se reposer et digérer : son estomac est satisfait, car il s'est régalé, au petit déjeuner, de deux belles cuisses de poulet. Quant à son garde-manger, il est bien garni d'une poule grosse et grasse. Il voit Brun arriver à la barrière.

1. Fortification à l'avant d'un château fort.

— Hé, Renart, répondez-moi ! C'est moi, Brun, le messager du roi. Sortez donc et venez ici sur la lande ; vous saurez ainsi ce que le roi vous fait dire.

Renart sait bien que c'est l'ours. Il l'a reconnu à sa démarche. Il lui faut échafauder une ruse pour prendre l'avantage sur lui.

— Brun, fait-il, mon cher ami, celui qui vous a envoyé ici vous a imposé un rude effort. J'étais justement sur le point de partir pour la cour, mais pas avant d'avoir mangé un succulent plat français. En effet, cher seigneur Brun, vous savez comment les choses se passent à la cour. Si un puissant seigneur arrive, on l'invite aussitôt à se laver les mains pour passer à table, et tous se pressent pour lui tenir les manches ! Dès qu'il manifeste le désir de manger, on lui sert tout d'abord le bœuf au verjus[1], puis tous les autres mets défilent. Mais quand c'est un pauvre sans le sou qui se présente, c'est une autre chanson : on le traite comme de la crotte de bique. Pas de bonne place auprès du feu, pas même de place à table, il doit se contenter de manger sur ses genoux, et les chiens lui disputent la moindre bouchée de pain. On lui donne juste un coup à boire : pas de seconde tournée pour lui ! Un seul plat : la valetaille[2] lui jette

1. Sauce piquante à base de raisin vert.

2. Terme de mépris : la *valetaille* est l'ensemble des valets, des serviteurs.

de vieux os plus secs et racornis que des bouts de bois. Sénéchaux[1] et cuisiniers, ils sont tous faits sur ce modèle : ils servent chichement pain et viande aux convives, pour mieux se gaver eux-mêmes, ou pour faire des cadeaux à leurs femmes. Puissent-ils être brûlés vifs et leurs cendres jetées au vent ! Pour toutes ces raisons, mon cher Brun, je m'étais, vers l'heure de midi, mitonné des pois au lard. Un copieux déjeuner que j'ai complété par un dessert : j'ai bien mangé pour sept deniers de rayons de miel tout frais.

— *Nomini Damé*, s'écrie Brun, par saint Gilles ! Ce miel, Renart, où l'avez-vous trouvé ? C'est la chose au monde que mon pauvre ventre désire le plus ! Conduisez-moi vers ce miel, très cher seigneur, par le sang du Christ !... et que le Ciel me pardonne ce juron !

Renart rit sous cape : comme c'est facile de tromper Brun ! Le malheureux ours ne se rend pas compte qu'il est en train de tomber dans le panneau.

— Brun, reprend Renart, si j'étais sûr d'avoir en vous un ami loyal et fidèle, sur la tête de mon fils Rovel, je vous remplirais aujourd'hui la panse de bon miel tout frais. Allons-y, il se cache juste à l'entrée du bois de Lanfroi le forestier... Mais à quoi bon ?

---

1. Le *sénéchal* a la charge de l'intendance dans la maison d'un roi ou d'un seigneur.

Cela n'en vaut pas la peine. Je pourrais bien me mettre en quatre pour vous, vous auriez vite fait de me jouer un mauvais tour.

— Comment, seigneur Renart ? Vous vous méfiez de moi ?

— Oui.

— Et que craignez-vous ?

— C'est évident. Je crains d'être trompé, trahi.

— Enfin, Renart, comment pouvez-vous avoir de tels soupçons ? En quoi l'ai-je mérité ?

— Mais non, soyez tranquille. Je ne vous en veux pas du tout.

— Et vous avez bien raison, car, par la foi que j'ai jurée à messire Noble le lion, je n'ai jamais eu l'intention de vous trahir ou vous tromper.

— Cette garantie me suffit. Je vous fais confiance.

Les voilà d'accord. Ils se mettent en route et vont à bride abattue jusqu'au bois de Lanfroi, où ils font halte. Le forestier, qui faisait commerce du bois, avait commencé à fendre un chêne : deux coins avaient été enfoncés dans le tronc pour le tenir entrouvert.

— Brun, mon très cher ami, voici ce que je t'ai promis : la ruche est là-dedans. Tu peux passer à table, nous irons boire un coup après !

Brun n'a pas besoin d'autres encouragements. Il enfonce dans le chêne son museau et ses deux pattes de devant. Renart le soulève et le pousse par l'arrière-train, puis il lui donne des conseils :

— Ouvre la gueule, croquant ! Tu atteins presque le miel, avec ton museau ! Allez, imbécile, ouvre ta grande gueule !

C'est ainsi qu'il se paie sa tête. Maudit soit-il sa vie durant, car le malheureux n'a aucune chance d'extraire la plus petite goutte : il n'y a jamais eu là le moindre rayon de miel !

Tandis que Brun s'évertue, la gueule ouverte, Renart a empoigné les coins, qu'il arrache non sans mal. Une fois les coins ôtés, la tête et les pattes de Brun se sont trouvées emprisonnées dans le chêne. Le pauvre diable est en mauvaise posture. Alors Renart s'écarte un peu pour mieux l'accabler de sarcasmes :

— J'en étais sûr, Brun, je savais que vous chercheriez une ruse pour m'empêcher de goûter au miel ! Vous êtes un sacré filou, de me refuser ma part. La prochaine fois, je ne m'y laisserai plus prendre. Si j'étais frappé par la maladie, je serais joliment bien soigné ! Vous ne me laisseriez que des poires blettes !

Il lui aurait bien lancé encore quelques railleries, quand survient messire Lanfroi le forestier. Renart s'enfuit ventre à terre. Quand le paysan voit Brun l'ours prisonnier du chêne qu'il voulait fendre, il court à toutes jambes au village, en criant :

— Haro ! Haro ! Sus à l'ours ! Nous allons enfin lui régler son compte !

Vous auriez vu le taillis grouiller de paysans en armes ! L'un porte une massue, l'autre une hache, l'autre encore un fléau ou un bâton d'épine ! Brun a grand-peur pour son échine. Quand il entend ce déchaînement, il frémit et se dit qu'il vaut mieux sacrifier son museau que se laisser capturer. Lanfroi s'avance en tête de la troupe, la hache au poing !

L'ours tend ses muscles, il tire tant qu'il peut ; son cuir s'étire, ses veines se rompent. Il a tiré si fort que sa peau a fini par se déchirer, au prix de mille souffrances, et qu'il a pu dégager sa tête, toute rompue et privée d'oreilles. Le sang ruisselle de son museau et de ses pattes. Il a perdu tant de peau sur la figure qu'on ne pourrait en trouver assez pour tailler une bourse ! Il fait vraiment peur à voir !

Ainsi s'en va le fils de l'ourse. Il fuit à travers bois, poursuivi par les paysans qui poussent de grands cris. Ils sont tous là, Bertold et Gombert, fils de Galon, et messire Hélain, le neveu de Fouques : Otran, qui avait étranglé sa femme, et Tigier, le boulanger du village, qui épousa Corneille la noiraude. Là sont Aymon Brisefaucille et Rousselin, le fils de Banquille, et Hubert Petitgros, armé de sa hache. Tous courent à la poursuite de Brun.

L'ours met toute son énergie à fuir. Et voilà que le prêtre de la paroisse – le père de Martin d'Orléans – le rejoint. Il était en train de répandre du fumier, et il tient sa fourche à la main. Il frappe l'ours en plein sur les reins et manque de l'abattre. Brun est grièvement blessé. Le fabricant de peignes et de lanternes le coince entre deux chênes : d'un coup de corne de bœuf il le frappe sur l'échine, qui en reste toute tordue. Tous ces paysans l'assaillent avec leurs gourdins, et Brun a grand-peine à leur échapper.

Messire Renart peut être sûr de passer un mauvais quart d'heure, si l'ours peut un jour l'attraper ! Mais le gredin a pris le chemin de Maupertuis, sa forteresse, où il ne craint aucune armée. Il a entendu de loin les gémissements de Brun, et maintenant il le voit passer. C'est l'occasion de nouvelles moqueries :

— Alors, seigneur Brun, vous voilà bien avancé d'avoir mangé sans moi le miel de Lanfroi ! Quelle déloyauté ! Assurément, cela vous portera malheur, et vous mourrez sans confession. Mais dites-moi, vous avez là un beau chaperon rouge ! Dans quel ordre de moines voulez-vous entrer ?

Mais l'ours, trop hébété de souffrance, ne trouve rien à lui répondre. Il court à toute allure, éperonné par la crainte de retomber entre les mains de Lanfroi et des autres paysans. Le voilà de retour à la cour du roi. Arrivé au palais, il tombe évanoui sur les dalles, le visage ruisselant de sang. Et où sont ses oreilles ? La cour est frappée d'horreur.

— Brun, mon ami, demande le roi, qui a bien pu

t'arranger ainsi ? Il t'a vilainement arraché ton chapeau, et t'a presque brisé les reins !

Brun se redresse au prix d'un grand effort. Il a perdu tant de sang qu'il peut à peine parler :

— Roi, c'est Renart qui m'a mis dans cet état.

Et il retombe aux pieds du roi. Si vous aviez vu alors le lion rugir et arracher de colère les poils de sa crinière !

— Par la mort de Dieu, jure-t-il, Renart t'a tué ! Mais je tirerai de lui une vengeance si terrible qu'on en parlera dans toute la France ! Où êtes-vous, Tibert le chat ? Allez sur-le-champ chercher Renart. Dites de ma part à ce maudit rouquin de venir rendre des comptes devant ma cour, en présence de tous mes vassaux. Inutile qu'il apporte or ou argent ou belles paroles pour se défendre : la corde pour le pendre suffira.

Tibert préférerait refuser, mais il n'ose : il ira, bon gré mal gré.

5

Tibert en mission

À la nuit tombante, Tibert est arrivé devant la porte de Renart. Il se recommande à Dieu et à saint Léonard, le saint patron des prisonniers : qu'il le protège des griffes de Renart, son compagnon ! Il sait que le goupil peut être pire qu'un chien enragé : il ne craint ni Dieu ni Diable.

Et voilà qu'un incident vient démoraliser encore plus Tibert : il voit l'oiseau de saint Martin[1] s'envoler d'un frêne pour aller vers un sapin. Il crie de toutes ses forces « À droite ! À droite ! » L'oiseau s'envole

1. Il s'agit du busard, oiseau qui porte malheur. S'il s'envole vers la gauche, le présage est encore plus mauvais.

vers la gauche. Tibert reste cloué sur place, paralysé de frayeur devant ce mauvais présage. Son cœur lui dit que cette aventure lui réserve tourments et humiliations. Il a tellement peur de Renart qu'il n'ose pénétrer dans sa demeure. Il préfère lui parler de l'extérieur, mais il n'en retire qu'un piètre bénéfice.

— Renart, mon bon compagnon, réponds-moi : es-tu chez toi ?

Renart répond entre ses dents, assez bas pour que l'autre ne l'entende pas :

— Tibert, mon ami, tu as eu tort d'entrer sur mes terres : tu vas connaître la honte et l'infortune !

Puis il répond à voix haute :

— Tibert, *welcome* ! Bienvenue à vous ! Un pèlerin de retour de Rome ou de Saint-Jacques[1] ne recevrait pas meilleur accueil !

Que lui coûtent ces belles paroles ? Il y ajoute un grand salut, pour faire bonne mesure. Tibert lui délivre en peu de mots son message :

— Renart, ne m'en tenez pas rigueur, mais je viens ici au nom du roi. Ne croyez pas pour autant que je sois votre ennemi. Le roi se répand en menaces contre vous ; vous n'avez à la cour aucun allié, à l'exception de votre cousin Grimbert, car tous les autres animaux vous portent une haine farouche.

---

1. *Rome* et *Saint-Jacques de Compostelle* sont les pèlerinages préférés des chrétiens au Moyen Âge.

Renart répond sans s'émouvoir :

— Tibert, laissez-les donc menacer, et aiguiser leurs dents contre moi. Je vivrai – quoi qu'on dise – aussi longtemps que je pourrai. Mais j'irai à la cour et j'écouterai tout ce que l'on voudra dire sur moi.

Tibert est rassuré : son ambassade se passe mieux qu'il ne pensait.

— Ce serait agir sagement, cher seigneur, et c'est ce que je vous conseille, car j'ai beaucoup d'amitié pour vous. Mais en vérité j'ai grand faim, car la route a été longue. N'auriez-vous pas un coq ou quelque poule, ou toute autre chose à manger ?

— Vous êtes bien exigeant ! dit Renart. Et si je vous proposais tout un tas de souris grasses et de rats ? J'ai bien peur que cela ne vous intéresse pas.

— Mais si !

— Non, je ne crois pas.

— Vraiment, c'est un mets dont je ne me lasse pas !

— Dans ce cas, je vous en donnerai tant et plus, mais tout à l'heure, juste avant le lever du soleil. Vous me suivrez, je passerai le premier.

Le moment est venu, Renart sort de sa tanière, Tibert le suit, sans flairer ruse ni tromperie. Renart se dirige tout droit vers un village. Là, il n'y a aucune ferme qu'il n'ait un jour visitée pour y croquer coq ou poule.

— Tibert, dit Renart, savez-vous ce que nous allons faire ? Parmi toutes ces maisons, il y en a une habitée par un prêtre. Je connais parfaitement cette demeure : elle regorge de froment et d'avoine. Mais les souris y font des ravages : elles en ont mangé plus d'un demi-muid[1]. J'y étais encore il n'y a pas longtemps, je leur ai fait la chasse et j'en ai pris dix. J'en ai mangé cinq aujourd'hui et j'ai mis les autres au garde-manger. Regardez ! C'est par ici qu'on entre. Passez de l'autre côté et remplissez-vous la panse !

Mais le fripon lui mentait, car le prêtre qui habitait là n'avait ni orge ni avoine, ni rien d'autre d'ailleurs. Tout le village le plaignait à cause de la femme qu'il entretenait. C'était la mère du petit Martin d'Orléans. Elle l'avait mis sur la paille, si bien qu'il ne lui restait plus ni bœuf, ni vache, ni aucune autre bête, sauf deux poules et un coq. Le petit Martin avait tendu deux lacets en travers du trou, pour prendre chat ou goupil. C'était un enfant très doué ! Mais Renart connaît le piège. Loin de prévenir son compagnon, il l'encourage :

— Allez, vas-y, Tibert ! Bon sang, quel froussard tu fais ! Je vais t'attendre dehors, devant le trou.

Tibert a glissé son corps dans l'ouverture. Maintenant il peut mesurer toute sa stupidité, car le lacet

---

1. Mesure de capacité pour les grains. Le *muid* vaut environ le quart d'un mètre cube.

l'a saisi à la gorge. Il tire tant qu'il peut : plus il tire, plus le lacet lui étrangle le cou. Il cherche à s'échapper, mais c'est peine perdue, car Martinet a sauté du lit.

— Debout, debout, mon cher père ! À l'aide, à l'aide, ma chère mère ! Allumez la chandelle et courez vite au trou ! Le goupil s'est fait prendre !

La mère de Martinet se réveille, elle bondit sur ses pieds et allume sa chandelle. Elle saisit sa quenouille[1]. Le prêtre a tout aussi vite sauté du lit et s'est armé d'un bâton.

Tibert, assailli de tous côtés, reçoit une dégelée de coups de bâton. Il feint d'être à moitié assommé. Mais quand Martin le libère du lacet pour se saisir de lui, le chat lui glisse entre les mains. Il va réussir à s'échapper de la maison, mais avant de partir, il a pu planter ses griffes acérées et ses dents dans les fesses du prêtre, qui ruissellent de sang. Le malheureux hurle de douleur, sa femme catastrophée s'évanouit, et le petit Martin tente de la ranimer.

Profitant de la confusion, Tibert le chat prend la fuite. Il a été roué de coups, mais au moins, il a pu se venger du prêtre qui le maltraitait. Ah, s'il pouvait aussi se venger de Renart ! Mais la canaille ne l'a pas

1. Longue tige de bois servant à enrouler le textile que l'on va filer.

attendu. Il s'est enfui dans son repaire, le laissant essuyer les coups.

— Ah, Renart, Renart ! fait Tibert, que Dieu n'ait jamais pitié de ton âme ! Pourtant, j'aurais dû me méfier, ce n'est pas la première fois que je me fais rouler par ce rouquin ! Mais pour le prêtre, ce méchant cocu qui m'a attaqué sauvagement, qu'il aille rôtir en enfer avec sa maudite femme ! J'ai quand même bien pris ma revanche : il ne pourra pas s'asseoir avant longtemps.

Se lamentant toujours sur son sort, Tibert finit par atteindre la vallée où le roi tient sa cour. Dès qu'il le voit, il se jette à ses pieds et lui raconte son étonnante mésaventure.

— Dieu, dit le roi Noble, assiste-moi ! Renart ne cesse de me narguer avec un art diabolique, et je ne peux trouver personne qui me venge de ces outrages ! Messire Grimbert, je commence à me demander si ce n'est pas sur vos conseils que Renart m'humilie ainsi.

— Non, je vous l'assure, il n'en est rien.

— Eh bien, faites donc la preuve de votre loyauté. Vous allez partir sur-le-champ et vous le ramènerez à ma cour. Ne vous avisez pas de reparaître sans lui.

— Seigneur roi, c'est impossible ! Renart a un caractère si difficile que je ne le ramènerai pas, à coup sûr, sans une lettre portant votre sceau royal.

À cette vue seulement, il acceptera de venir sans chercher une mauvaise excuse.

— Par ma foi, vous avez raison.

Le roi dicte alors son message à messire Baucent, puis il y fait apposer son sceau. Il remet la lettre à Grimbert, qui prend aussitôt la route.

6

Grimbert confesseur

Grimbert a traversé bois et prés, il n'a pas ménagé sa peine. Vers le soir, il trouve un sentier qui le conduit droit à la demeure de Renart. Le voilà devant sa porte.

Hauts sont les murs et ténébreux les défilés[1] : le blaireau se dirige vers une poterne[2] qui lui permet de franchir la première enceinte. Renart, qui l'entend venir, craint une attaque. Il faut qu'il en ait le cœur net.

---

1. Reprise parodique d'un vers célèbre de la *Chanson de Roland*.

2. Petite porte basse dans des fortifications.

Grimbert est dans la forteresse. À sa manière de descendre le pont-levis à petits pas, puis d'entrer dans la tanière le cul d'abord, la tête ensuite, Renart l'a reconnu avant même de le voir de plus près. Il se jette à son cou et lui fait fête, puis il s'empresse de glisser deux coussins sous lui : n'est-ce pas son cher cousin ? Mais Grimbert est un sage : il se gardera bien de dire un seul mot de son message avant d'avoir mangé tout son content. Une fois le repas achevé, il lui tient ce discours :

— Seigneur Renart, tout le monde est au courant de vos fourberies. Savez-vous ce que le roi vous fait dire, ou plutôt ce qu'il vous ordonne ? Vous devez vous présenter à son palais pour répondre de vos actes. Allez-vous enfin cesser les hostilités ? Que reprochez-vous à Ysengrin, ou à Brun l'ours, ou à Tibert le chat ? Toutes ces tromperies finiront par vous porter malheur. Je n'ai pas grand réconfort à vous proposer : c'est la mort qui vous attend, pour vous et toute votre descendance. Tenez, brisez ce sceau et prenez connaissance de cette lettre.

Ces paroles ont fait trembler Renart. Terrifié, il brise le cachet de cire et découvre le contenu du message. Dès les premiers mots il soupire, car il a compris de quoi il retourne.

Messire Noble le lion, roi et suzerain de toutes les bêtes du monde, annonce à Renart honte et supplices, tourments et représailles sévères, s'il ne vient pas dès demain rendre des comptes à sa cour, en présence de tous ses vassaux. Inutile qu'il apporte avec lui or ou argent, ou qu'il s'accompagne d'un défenseur. Qu'il se munisse seulement de la corde pour le pendre !

Le visage de Renart est devenu livide, son cœur bat à tout rompre.

— Pour l'amour de Dieu, Grimbert, ayez pitié de moi ! Conseillez le pauvre infortuné que je suis ! Pourquoi avoir vécu jusqu'à ce jour, si je dois être pendu demain ? J'aurais dû plutôt me faire moine à Cluny ou à Clairvaux[1] ! Mais je connais tant de moines hypocrites, que je n'aurais pas pu les supporter longtemps.

— Vous n'avez pas à vous soucier de cela, répond Grimbert. Vous êtes en danger de mort. Profitez plutôt de ce que nous sommes seuls ici pour vous confesser à moi sans tarder. Confessez-vous et repentez-vous sincèrement, car je ne vois pas d'autre prêtre dans les parages.

— C'est un excellent conseil, seigneur Grimbert. Si je vous dis ma confession avant que la mort me saisisse, il ne pourra m'en advenir que du bien ; et

1. Les deux plus célèbres ordres monastiques du Moyen Âge : *Cluny* est la maison-mère des bénédictins, et *Clairvaux* celle des cisterciens.

si je dois mourir, j'aurai au moins fait mon salut. Écoutez bien mes péchés, maintenant !

« Messire, j'ai fauté avec Hersent, la femme d'Ysengrin. Si on l'a soupçonnée, c'est à bon droit, car j'ai couché avec elle, et plus d'une fois ! Je m'en repens bien maintenant, *mea culpa*[1] ! J'ai fait beaucoup de tort à Ysengrin, cela, je ne pourrai le nier devant aucun tribunal. Puisse Dieu sauver mon âme !

« Trois jambons étaient entassés dans le garde-manger d'un brave homme : j'ai si bien poussé le loup à s'en gaver qu'il fut incapable de repasser la porte, tellement son ventre était gonflé. Je l'ai fait pêcher dans une fontaine par une nuit de pleine lune : grâce à moi, il avait pris le reflet de la lune pour un fromage[2] ! Après avoir pillé la charrette de poissons, je l'ai tellement embobiné que je l'ai persuadé de se faire moine tonsuré ; il a même voulu devenir chanoine, dans l'espoir qu'on lui donne de la viande !

« Par trois fois je l'ai fait capturer, et voici comment. À cause de moi, il est tombé dans un piège à loup, le jour où il emporta l'agneau ; là, il prit bien

1. *Mea culpa* signifie « c'est ma faute », en latin. Ce sont les paroles principales de la prière de confession.

2. Ces deux aventures, ainsi que certaines autres qui suivent, ne se trouvent pas dans le *Roman de Renart*, tel que nous le connaissons : elles ont été perdues, ou jamais mises par écrit.

cent coups de bâton avant de pouvoir prendre le large. La seconde fois, je l'ai précipité dans un autre piège, une fosse profonde où trois bergers le découvrirent : il fut battu comme un âne rétif hésitant à passer le pont. La troisième fois, c'est quand je l'ai incité à pêcher dans la glace, jusqu'à ce qu'il ait la queue gelée : les paysans ne lui ont pas fait de cadeau ! Une journée entière ne suffirait pas à raconter tous les tours que je lui ai joués : cent fois je l'ai trompé, vaincu, humilié.

« Je dois l'avouer, il n'est pas une bête à la cour du roi qui n'ait une bonne raison de se plaindre de moi. J'ai fait prendre Tibert au lacet, en lui faisant croire qu'il allait manger des rats. De toute la parenté de Pinte, il n'est resté qu'elle et sa tante. Tous les autres, coqs et poules, sont passés à la casserole. Quand Ysengrin est venu mettre le siège devant mon terrier avec une armée de sangliers, de vaches et de bœufs, toutes bêtes bien armées, j'ai enrôlé Roenel le mâtin, et avec lui cent quarante compagnons, chiens et chiennes de toutes races. Ils ont récolté plaies et bosses, mais bien peu d'argent, car je leur ai dérobé leur solde. Tout ce que je leur avais promis, je les en ai privés, et je les ai quittés en leur faisant un pied de nez ! Je m'en repens bien maintenant. Dieu, *mea culpa* ! Tous ces péchés de jeunesse, je veux les expier.

— Renart, Renart, lui dit Grimbert, vous venez

de me dévoiler vos fautes, et tout le mal que vous avez commis. Si Dieu vous tire d'affaire, prenez bien garde à ne pas retomber dans le péché !

— Que Dieu m'accorde, répond Renart, de ne jamais commettre un seul acte qui lui déplaise !

Tout ce que veut Grimbert, Renart y consent. Il baisse la tête et l'autre prononce l'absolution[1], moitié en français, moitié en latin.

Quand le matin arrive, Renart embrasse sa femme et ses enfants. Les adieux sont déchirants. Voilà comment il prend congé des siens :

— Enfants de haut lignage[2], veillez à bien défendre mes châteaux, quoi qu'il advienne de moi. Ni comte, ni seigneur, ni roi ne pourra vous causer du tort, ni même vous faire la moindre égratignure, si vous avez soin de relever les ponts-levis. Vos réserves sont considérables : vous ne manquerez de rien avant sept ans. Que vous dire de plus ? Je vous recommande tous au Seigneur Dieu. Puisse-t-il me ramener ici, comme je le souhaite !

Là-dessus, il a franchi le seuil de sa tanière, en prononçant cette prière :

---

1. À la fin de la confession, le prêtre donne l'*absolution* : le pardon des fautes.

2. Le *lignage* est l'ensemble des personnes d'une même famille (ancêtres et descendants). Les nobles sont fiers de leur haut lignage.

— Dieu, roi tout-puissant, préserve ma sagesse et mon intelligence ! Ne permets pas que la peur me prive de mes moyens quand Ysengrin m'accusera devant le roi, mon suzerain. Aide-moi à lui répondre, soit en niant, soit en me justifiant. Accorde-moi de revenir sain et sauf, pour pouvoir encore me venger de mes adversaires, acharnés à me perdre !

Il s'est alors étendu face contre terre, et par trois fois il a battu sa coulpe. Puis il s'est signé pour se protéger des démons[1].

Les deux barons se dirigent maintenant vers la cour. Ils traversent une rivière qui serpente, puis les défilés d'une montagne. Et voilà qu'ils se perdent dans une forêt : plus de sentier ni de route. Mais à force de cheminer, ils se sont retrouvés dans une plaine, à proximité de la ferme d'un monastère. La maison est richement pourvue de tous les produits de la terre : lait, fromages, œufs, et aussi brebis, vaches et bœufs, avec leurs petits.

— Ma foi, propose Renart, si nous allions du côté de cette basse-cour, derrière la haie d'épines ? C'est par là que se trouve justement le chemin que nous avons perdu.

— Renart, Renart, fait le blaireau, Dieu lit claire-

1. *Battre sa coulpe*, c'est se frapper la poitrine en signe de repentir. On pense que le *signe de croix*, insigne des chrétiens, éloigne le diable.

ment dans votre cœur vos mauvaises intentions. Fripouille, sale hérétique, enragée canaille, ne venez-vous pas de vous confesser à moi ? N'avez-vous pas imploré pardon pour vos fautes ?

— Je l'avais oublié. Mais je suis prêt à partir. Allons-nous-en d'ici.

— Renart, n'espère pas me tromper. Parjure ! Renégat[1] ! Tu seras toujours une crapule. Quelle folie tu fais : tu es en danger de mort, tu viens de te confesser, et déjà tu cherches à trahir ! Vraiment, le péché te colle à la peau. Maudite soit l'heure où ta mère te mit au monde !

— Comme c'est bien dit, cher frère. Allons, partons au petit trot, et sans nous disputer.

Renart n'ose pas en dire plus, pour ne pas fâcher son cousin et encourir d'autres réprimandes. Mais il tend souvent le cou en direction des poules. Il donnerait tout au monde pour pouvoir se précipiter sur elles ! Quel chagrin de devoir s'en éloigner !

---

1. Le *renégat* renie sa religion, il n'est pas fidèle à Dieu.

7

Renart devant la cour de Noble

Ils ont tant parcouru les bois et les plaines, tant franchi de montagnes, au trot et au galop, qu'à la fin ils sont parvenus dans la vallée qui descend vers la cour du roi.

À peine le goupil est-il arrivé que chaque bête, sans exception, se prépare à l'affronter, ou du moins à exposer ses griefs. Renart comprend que sa dernière heure est proche. Il ne repartira pas d'ici sans qu'il lui en cuise : Ysengrin aiguise ses dents, Tibert le chat rumine sa vengeance, tout comme Brun, dont la tête est encore vermeille de sang. Mais qu'on l'aime ou qu'on le haïsse, Renart n'aura pas l'allure d'un poltron ! Bien au contraire, il se campe au centre du palais et, la tête haute, il prend la parole :

— Roi, je vous salue, en homme qui vous a aidé plus qu'aucun autre baron du royaume. On a eu tort de me dénigrer auprès de vous. Mais est-ce une simple malchance ? Je n'ai jamais pu être sûr de votre affection un jour entier ! La dernière fois que j'ai quitté votre cour, je suis parti avec votre approbation et l'assurance de votre amitié. Et voici qu'à présent des calomniateurs, qui veulent se venger de moi par pure jalousie, ont si bien œuvré que vous m'avez condamné injustement. Laissez-moi vous dire, seigneur, à partir du moment où un roi place sa confiance dans des canailles malfaisantes et délaisse ses bons barons, le royaume court à sa perte : c'est le triomphe de la racaille. Voyez-vous, seigneur, les hommes d'origine servile ne savent pas garder la mesure : dès qu'on les laisse s'élever un peu à la cour, ils s'acharnent à nuire aux autres. Et ils tirent grand profit de leurs mauvaises actions : ils ont tôt fait d'empocher les richesses de leurs victimes.

« Je voudrais bien savoir ce que Brun et Tibert ont à me reprocher. Certes, ils peuvent me faire grand tort, s'ils trouvent dans le roi une oreille complaisante. Mais je ne l'ai pas mérité : sont-ils seulement capables de dire de quoi ils m'accusent ? Si

Brun a mangé le miel de Lanfroi et que le forestier s'en est pris à lui, pourquoi ne s'est-il pas lui-même vengé ? Il a pourtant des mains et des pattes redoutables, de bons muscles et une poigne de fer ! Et messire Tibert le chat : s'il a mangé les souris et les rats et qu'on l'ait surpris, en quoi l'humiliante correction qu'il a reçue me regarde-t-elle, corbleu ? Pour Ysengrin, je ne sais trop quoi dire : il n'a pas tort de prétendre que j'ai aimé sa femme. Mais elle ne s'en est pas plainte, sans doute parce que je ne suis pas un mauvais amant. Ce jaloux en crève de rage ! Est-ce que je mérite pour autant la pendaison ? Non, que Dieu m'en préserve !

« Seigneur, j'ai toujours reconnu votre pouvoir, qui est immense. La fidélité, la loyauté dont j'ai fait preuve à votre service sont mes meilleures garanties : c'est grâce à elles que je suis encore en vie. Mais, par la foi que je dois à saint Georges[1], j'ai déjà la gorge toute blanchie par l'âge. Je suis vieux, mes forces m'abandonnent, et voilà qu'il me faut encore plaider ma cause ! Ceux qui m'ont fait convoquer devant cette cour ont commis une mauvaise action. Cependant, mon souverain l'exige, il est donc juste que je me présente. Me voici devant lui : qu'il se saisisse de moi, qu'il me fasse brûler ou pendre, je

1. *Saint Georges* est le saint patron des chevaliers.

ne peux me défendre contre lui. Je suis faible et sans force : ce sera une bien pauvre vengeance, et les langues iront bon train si l'on doit me pendre sans jugement.

— Renart, Renart, s'exclame le roi, maudite soit l'âme de votre père et maudite soit celle qui vous a porté ! Infâme canaille, comment pouvez-vous ainsi continuer à mentir, dites-le-moi ? Oui, vous avez la langue bien pendue, et les discours ne vous coûtent guère, mais à quoi bon ? C'est peine perdue, vous ne quitterez pas les lieux sans avoir éprouvé les rigueurs de ma justice. Votre air arrogant ne vous servira à rien, pas plus que votre ruse. Vous avez plus d'un tour dans votre sac, mais vous allez récolter ce que vous avez semé. L'heure du jugement a sonné : mes barons prononceront la sentence, comme il se doit contre les brigands et les traîtres perfides. Vous n'échapperez pas au châtiment, à moins de pouvoir vous disculper de toutes les accusations portées contre vous.

— Seigneur, intervient Grimbert le blaireau, si nous nous inclinons devant votre autorité quand il s'agit de rendre la justice et de rétablir la paix, vous ne devez pas pour autant traiter votre baron de façon humiliante. Il mérite un jugement en bonne et due forme. Prenez en considération, je vous prie, que Renart est venu ici sous la protection de votre sauf-conduit[1]. Si quelqu'un veut se plaindre de lui, ayez la bonté de le laisser se défendre, dans le cadre d'un procès en règle et en séance publique de votre cour.

À peine Grimbert a-t-il conclu son discours que déjà Ysengrin se dresse, et avec lui le seigneur Belin le mouton, Tibert le chat et Roenel. Se lèvent aussi messire Tiécelin le corbeau, Chantecler, dame Pinte et les trois poules qui l'accompagnent, ainsi que le seigneur Petitpas le paon. Frobert le hérisson s'avance, l'injure à la bouche, plus agressif qu'aucun des autres, et derrière lui messire Rousseau l'écureuil, qui eut tant à souffrir de Renart. Couart le lièvre accourt en toute hâte : lui aussi est une victime du goupil et il pense que l'heure de la vengeance a sonné.

Voilà Renart dans la tourmente : tous sont d'accord pour lui régler son compte. Mais le roi les fait reculer : c'est à lui que revient le droit du châtiment. Le lion a pris la parole d'une voix puissante, et toute la foule peut l'entendre :

— Seigneurs, écoutez-moi bien ! Devant vous se tient cette canaille sans foi ni loi : quel châtiment

1. Document qui garantit la protection d'une personne durant un déplacement : personne n'a le droit de s'attaquer à elle.

mérite-t-il ? Dites-moi quelle vengeance je dois exercer.

— Seigneur, répondent les barons, Renart est un brigand complètement corrompu. Nul ne pourra vous désapprouver si vous le faites pendre haut et court.

— C'est bien parlé. Allons, vite, et pas de discussion ! Si nous laissons filer Renart, jamais il ne reviendra. Nous aurions tous à le regretter, et plus d'un innocent en ferait les frais.

En haut de la montagne, sur un rocher, le roi a fait dresser un gibet pour pendre Renart le goupil : le voici maintenant en grand danger. Renart regarde derrière lui et voit qu'ils sont nombreux à l'escorter : l'un le tire, l'autre le pousse. S'il n'en mène pas large, rien d'étonnant à cela. Le singe lui fait une grimace et lui donne une gifle sur la joue. Couart le lièvre se prépare à lui lancer des pierres, mais de loin, sans oser l'approcher. Au moment où il lui jette sa pierre, Renart secoue la tête : le lièvre est tellement affolé par ce signe qu'il court se cacher. Il se dissimule dans une haie : c'est de là qu'il compte assister au supplice. Mais, à mon avis, il va avoir à le regretter, et cela avant la fin de la journée !

Renart est en mauvaise posture : les mains liées, il est environné de tous côtés par ses ennemis.

Comment s'échapper ? Impossible, à moins d'une ruse extraordinaire ! À la vue du gibet, un immense chagrin l'envahit et il dit au roi :

— Cher et noble seigneur, laissez-moi dire, je vous prie, quelques mots. Vous m'avez fait saisir et lier, et maintenant vous voulez me faire pendre, sans que je sois coupable d'aucun crime. Cependant, j'ai commis de très graves péchés qui ont souillé mon âme. Je désire m'engager à présent dans la voie du repentir. Au nom de la sainte Pénitence[1], je veux prendre la croix[2] pour aller outre-mer, à la grâce de Dieu. Si je meurs là-bas, mon âme sera sauvée. En revanche, si je meurs pendu, elle ira en enfer, et ce sera une bien piètre vengeance. Laissez-moi plutôt entrer en repentance !

Il va alors se jeter aux pieds du roi, qui se sent ému de compassion. Grimbert en profite aussitôt pour revenir à la charge ; il implore la grâce de Renart :

— Seigneur, au nom de Dieu, écoutez bien mes paroles : faites une bonne action, et considérez à quel

---

1. Au Moyen Âge la pénitence à accomplir en réparation des très grands péchés est souvent un pèlerinage, à Saint-Jacques de Compostelle ou même à Jérusalem.

2. *Prendre la croix*, c'est partir pour la croisade, en Terre sainte (Palestine). Les croisés portaient un vêtement orné d'une grande croix rouge.

point Renart est vaillant et courtois. S'il est de retour au bout de cinq mois, il pourra vous rendre encore bien des services : vous n'avez vassal plus hardi que lui.

— Ce n'est pas un argument, réplique le roi. À son retour, il sera encore pire. On a vu cela avec bien des hommes faisant un pèlerinage : ceux qui partent bons en reviennent mauvais ! Il fera exactement comme eux s'il réchappe de ce péril.

— S'il ne s'est pas complètement amendé, qu'il ne revienne jamais !

— Eh bien, grommelle le roi, qu'il prenne la croix et qu'il reste là-bas ! Je ne veux plus entendre parler de lui.

Renart, à ces mots, ne se sent plus de joie. Il ne sait pas s'il accomplira ou non le pèlerinage, mais, en attendant, on lui a délié les mains et on lui apporte besace et bourdon[1]. Les animaux sont consternés : ceux qui l'ont poussé et bousculé se disent qu'ils vont le payer cher, et avant longtemps.

Voilà Renart pèlerin, la besace au cou et le bâton de frêne à la main. Le roi lui demande de leur pardonner à tous le mal qu'ils ont pu lui faire, et aussi

1. Le *bourdon* est un long bâton de marche. Avec la *besace* (sorte de grand sac), c'est l'accessoire essentiel du pèlerin.

de renoncer à la ruse et au mal. Ainsi, s'il doit mourir en chemin, son âme sera sauvée. Renart ne voit aucune objection à faire aux prières du roi : il consent à tout ce qu'on exige de lui… du moins jusqu'à son départ, car au fond de son cœur il jure de se venger d'eux.

Il a quitté la cour vers l'heure de none[1], sans saluer personne, excepté le roi et son épouse, Fière l'orgueilleuse, la plus belle et la plus courtoise des dames. Elle s'est adressée à Renart avec beaucoup de grâce :

— Seigneur Renart, priez pour nous quand vous serez sur les chemins, et nous, de notre côté, nous prierons Dieu qu'il vous protège.

— Dame, votre prière comble de joie mon cœur : elle m'est infiniment précieuse. Mais elle le serait encore plus si vous daigniez me donner l'anneau que je vois à votre doigt. Ma route me semblerait plus facile. Si vous me faites ce cadeau, vous n'aurez pas obligé un ingrat : je vous offrirai en retour des joyaux qui vaudront cent fois cet anneau.

La reine lui tend sa bague et Renart s'en saisit. Il murmure à voix basse entre ses dents :

— Ma foi, si quelqu'un voit de près cet anneau, il aura l'occasion de le regretter !

Il le met à son doigt et prend congé du roi. Laissant la cour en bas dans la vallée, il grimpe vers les

1. Vers 3 heures de l'après-midi.

hauteurs où le gibet avait été dressé. Toutes ces émotions lui ont donné faim, il en a mal à la tête.

Le voici qui s'approche de la haie où Couart avait trouvé refuge. Le lièvre, à sa vue, est terrifié. Il se redresse pourtant sur ses pattes en tremblant et lui souhaite le bonjour :

— Comme je suis content de vous voir frais et dispos, seigneur Renart ! Sachez que je suis désolé des mauvais traitements qu'on vous a fait subir aujourd'hui.

— Puisque tu es désolé des tourments que j'ai endurés, Dieu fasse que je sois aussi désolé de ceux que tu vas subir !

Ces paroles sont parfaitement claires pour Couart, qui comprend que son seul salut est dans la fuite. Il se prépare à détaler vers la plaine, mais Renart l'en empêche :

— Corbleu, messire Couart, vous ne bougerez pas d'ici ! Rien ne m'empêchera de vous donner en pâture à mes petits.

Et de son bâton de pèlerin, il lui pique les flancs pour le faire avancer devant lui.

La cour du roi se trouve dans une large et profonde vallée boisée, entourée de quatre montagnes qui s'élèvent très haut vers le ciel. Renart est monté sur la plus haute, en compagnie de Couart, plus mort que vif. Il lui a lié les pattes et l'a jeté sur son épaule, la tête en bas : il compte bien le livrer à l'appétit de ses fils.

Le goupil s'arrête et regarde dans la vallée. Il voit le roi et la reine, et avec eux tous les animaux qui s'agitent : le bois frémit comme sous la tempête. Ils sont encore tous à parler du départ de Renart, mais ils ne savent rien du malheureux Couart qu'on entraîne prisonnier. Renart se saisit de la tunique ornée d'une croix dont on l'a revêtu, et il leur crie à pleine voix :

— Seigneur roi, reprenez ces oripeaux ! Et que Dieu maudisse le plaisantin qui m'a affublé de cette guenille, du bourdon et de la besace !

Et il les lance en direction des bêtes, qui le regardent, effarées.

— Seigneur, écoute-moi bien ! Nouradin[1] m'a chargé, moi, le bon pèlerin, de te transmettre ses salutations. Si tu savais comme les païens te craignent : ton seul nom les fait trembler !

Il s'est tant moqué d'eux, leur a tant lancé de quolibets que Couart a réussi à desserrer ses liens. Sitôt libre, il prend la fuite et s'éloigne à grands bonds. Il arrive à la cour bien mal en point : les flancs transpercés par le bourdon, la peau des pattes

1. *Nouradin*, forme française de Nour-el-Din, sultan du XIIe siècle, vainqueur des chrétiens en Palestine.

en lambeaux. Au prix de mille souffrances, il se jette aux pieds du roi :

— Seigneur, pitié ! Secourez-moi, au nom de Dieu.

Et il lui raconte le tour diabolique dont il a été victime.

— Mon Dieu, s'écrie le roi, comme je suis trahi et bafoué ! Et ce qui me blesse le plus, c'est que je n'inspire aucune crainte à cette crapule : il me méprise et me tient pour un faible à présent. Lancez-vous à sa poursuite, seigneurs ! Pardieu, s'il vous échappe, vous serez pendus : mais celui qui le capturera sera anobli, avec tout son lignage.

Ah, si vous aviez vu messire Ysengrin, Belin le mouton, Brun l'ours et Pelé le rat, messire Tibert le chat, et Chantecler, et dame Pinte avec ses trois compagnes, et Roenel le mâtin ! Frobert le grillon les suit, avec Petitfouineur le furet. Ensuite viennent messire Baucent, le sanglier aux défenses acérées, Brichemer le cerf, à bride abattue, et Bruyant le taureau écumant de colère. Derrière eux, Tardif le limaçon porte la bannière royale qui claque au vent. Toute la troupe est aux trousses de Renart. Ils lui adressent de terribles menaces, rien ne les arrêtera « ni clôture, ni muraille, ni forteresse n'empêcheront qu'il soit livré au roi pour être pendu ! »

Mais Renart ne les a pas attendus. Après bien des détours pour mieux les tromper, il est parvenu à regagner Maupertuis, son château fort, son donjon, sa forteresse ! Là, il ne craint ni armée ni assaut : si quelqu'un veut l'attaquer, ce sera à ses risques et périls. Il se moque bien des menaces : il est Renart, celui qui s'en tire toujours !

POUR MIEUX COMPRENDRE *LE ROMAN DE RENART*

Un roman qui n'est pas un roman

Le *Roman de Renart* n'est pas un « roman » au sens moderne du terme, c'est-à-dire un récit unique organisé autour d'un personnage, et allant vers un dénouement. C'est une série de contes amusants ayant pour héros principal un goupil nommé Renart. Dès le Moyen Âge, on a l'habitude d'appeler « branches » ces différents récits. Le roman comporte 26 branches, écrites entre 1175 et 1250 par une vingtaine d'auteurs différents, pour la plupart anonymes. C'est un vaste ensemble d'environ 22 000 vers : en effet, à cette époque, tous les romans sont écrits en vers octosyllabes.

Pourquoi l'œuvre a-t-elle été nommée *Roman de*

Renart ? « Roman » désigne en fait, au XIIe siècle, tout récit en langue romane (langue vulgaire, langue du peuple), par opposition au latin (langue savante des clercs). Ce titre nous indique que les auteurs voulaient écrire pour un public plus large des histoires qui étaient auparavant destinées à un public lettré, celui des clercs.

Renart avant le *Roman de Renart*

Depuis l'Antiquité circulent oralement, dans toute l'Europe et le Bassin méditerranéen, des contes populaires qui mettent en scène des animaux parlant et agissant comme les humains. Mais ils ne sont pas la source principale des auteurs du Moyen Âge.

Ces derniers sont des clercs, nourris de la culture antique diffusée en latin par l'Église. Ils connaissent les fables de l'Antiquité grecque et romaine, celles d'Ésope et de Phèdre, transmises, et parfois déformées, par les intermédiaires du Moyen Âge.

Plusieurs récits en latin, du Xe au XIIe siècle, font apparaître les principaux acteurs de ce qui sera le *Roman de Renart* : le goupil, le loup, le coq et bien d'autres, ainsi que le lion, roi des animaux. Le dernier en date, *Ysengrimus*, écrit par Nivard vers 1150, met en scène le motif central : le conflit entre le goupil Reinardus et le loup Ysengrimus. On y trouve déjà l'épisode du goupil et du coq, ainsi que la pêche du loup dans un étang gelé. On peut cependant noter que l'œuvre de Nivard, bien que « savante », intègre aussi des éléments issus des traditions populaires, puisque le goupil s'y appelle *Reinardus*, traduction latine du prénom allemand *Reinhart*, ou *Reginhart*.

Aux XIIe et XIIIe siècles, les clercs auteurs des diverses branches en langue vulgaire, sans ignorer les contes et traditions populaires, ne cesseront de puiser dans le vivier d'anecdotes que constituent les récits en latin, pour produire des récits encore inédits. Comme pour toutes les « séries à succès », l'essentiel est que les acteurs majeurs, le goupil et le loup, survivent aux pires mésaventures pour fournir de nouveaux épisodes.

Rire et sourire

Le *Roman de Renart* a connu dès le début un immense succès, comme en témoignent le grand nombre d'épisodes écrits en un siècle, et les nombreuses scènes représentées dans l'enluminure et la sculpture.

Ce succès s'explique avant tout par son but, clairement avoué dans le prologue : faire rire, divertir le public par le récit des bons tours joués par le goupil.

Comme toute la littérature destinée à faire rire, au Moyen Âge, l'œuvre emploie un vocabulaire souvent cru, et même grossier ; les insultes colorées abondent, ainsi que les situations et actes plus ou moins scandaleux.

Mais à quel public était-elle destinée ? On a parfois pensé qu'il devait s'agir d'un public populaire, pour s'amuser ainsi de grossièretés et d'épisodes grivois. Le public aristocratique, lui, amateur d'exploits chevaleresques et de quête d'amour idéal, se nourrissait de chansons de geste et de romans courtois, les genres nobles ! En fait, il n'en est rien. Le *Roman de Renart* (ainsi que les fabliaux, autre genre comique) était destiné à l'origine au même public de seigneurs, dames et chevaliers. Il y avait un temps pour l'idéal, et un temps pour le rire. Ces deux types de textes sont d'ailleurs présents dans les manuscrits en compagnie des chansons de geste et des romans courtois. Destiné à l'origine à un public aristocratique, le *Roman de Renart* s'est cependant assez vite répandu dans les milieux bourgeois des villes.

Le public connaît donc fort bien les genres nobles : chanson de geste et roman courtois. C'est pour cette raison que le *Roman de Renart* les parodie fréquemment : les scènes de combat sont souvent traitées sur le mode épique, ainsi que les départs en guerre : les paysans à la poursuite de Brun, ou les animaux jurant de pourchasser Renart. Parodie de roman courtois à la cour du roi Noble : la lionne Fière fait don de son anneau à Renart, comme Laudine à Yvain dans le *Chevalier au Lion*. Quant à Noble, son indulgence pour l'adultère commis « par amour » est digne d'un souverain « courtois », comme le roi Arthur.

Société animale et société humaine

Les acteurs principaux du *Roman de Renart* sont les animaux, et les auteurs se plaisent à évoquer la vie rurale et ses activités : c'est un des charmes de l'œuvre. Les animaux sont souvent croqués dans leurs attitudes caractéristiques : le chat qui se dore au soleil et joue avec sa queue, le coq qui dort une patte repliée, ou Renart tendant le col de tous côtés puis s'aplatissant.

Mais bien souvent domine la représentation humaine : les personnages pâlissent ou rougissent ; la louve, de son doigt, fait signe à Renart d'approcher. Et que dire de la « cuisine » de ces prétendus animaux ? Renart emporte la poule pour la faire cuire, et les renardeaux préparent d'excellentes brochettes d'anguilles. Quant à leurs habitations, ce sont tantôt des châteaux forts, comme Maupertuis, avec sa barbacane, tantôt de véritables terriers, comme celui où Hersent est prise au piège.

Le *Roman de Renart* représente bien la société humaine, avec ses classes sociales. Le lion, le loup, l'ours, le goupil, tous animaux prédateurs, sont des seigneurs. Les plus puissants sont roi et connétable ; quant au goupil, un peu moins fort qu'eux, il figure ces petits seigneurs batailleurs, sans cesse poussés par le besoin, comme lui par la faim. Le menu peuple (poules, coq, mésange, corbeau, moineau…) est toujours menacé par les appétits des prédateurs : son seul salut est dans la ruse, l'arme éternelle des faibles. La société est dépeinte sans illusion : c'est un lieu de violence, et les institutions qui la régissent semblent bien impuissantes à assurer la paix.

La cour du roi Noble, et la justice qu'elle prétend assurer, sont présentées de manière satirique. Autre objet de satire : les institutions et pratiques religieuses. Les curés de campagne sont cupides et mènent une vie bien peu édifiante. Les moines vivent dans l'abondance. Quant aux pratiques en usage à l'époque, elles sont vues d'un œil fort critique : offices parodiques, confessions peu sincères, faux miracles, pèlerinages dont on revient encore plus mauvais. L'importance de ces thèmes montre bien l'origine cléricale de ces textes. Sans remettre en question les fondements mêmes de la religion, les auteurs en montrent les abus.

L'ADAPTATION DE L'ŒUVRE

Le *Roman de Renart* présenté ici ne reprend que partiellement l'œuvre d'origine, de dimensions considérables. On a choisi les branches les plus célèbres, qui sont en même temps les plus anciennes (les plus tardives n'étant souvent que des délayages médiocres).

La branche II, la plus ancienne, écrite vers 1175 par Pierre de Saint-Cloud, a fourni l'essentiel de la première partie, ainsi que le chapitre 2 de la seconde (Renart et la louve). Cependant deux épisodes, dans cette première partie, sont inspirés de la branche XI : Renart et les milans, et l'histoire du moineau Drouin. Les démêlés de Renart avec Tibert le chat sont racontés dans la branche XV.

Les branches III et IV se retrouvent entièrement dans la seconde partie (chapitres 3 à 7).

La troisième partie reprend dans l'ensemble la branche I, nommée généralement *Le jugement de Renart*, à l'exception des chapitres 1 et 2, qui viennent de la branche V.

TABLE

TROISIÈME PARTIE

LE JUGEMENT DE RENART

« Pour l'éditeur, le principe est d'utiliser des papiers composés de fibres naturelles, renouvelables, recyclables et fabriquées à partir de bois issus de forêts qui adoptent un système d'aménagement durable. En outre, l'éditeur attend de ses fournisseurs de papier qu'ils s'inscrivent dans une démarche de certification environnementale reconnue. »

Composition PCA - 44400 Rezé

Achevé d'imprimer en Espagne par BLACK PRINT CPI IBERICA
32.04.2920.0/03 – ISBN : 978-2-01-322920-3
Loi n° 49-956 du 16 juillet 1949 sur les publications destinées à la jeunesse
Dépôt légal : avril 2012